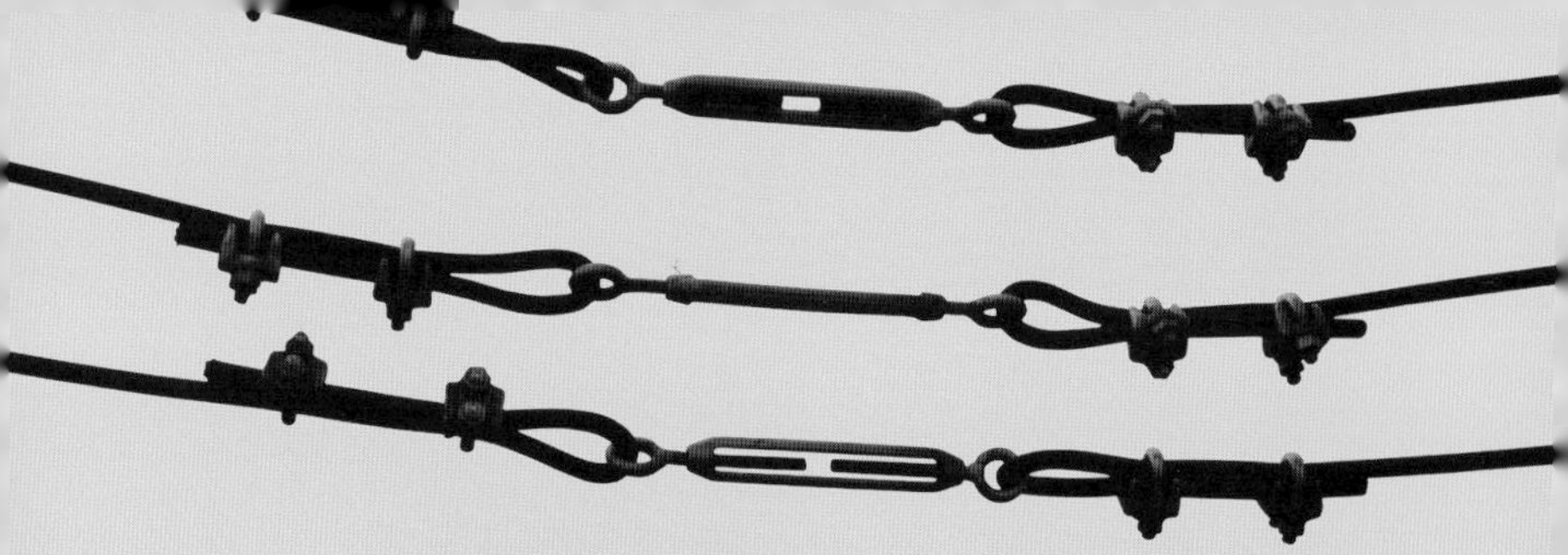

真山 仁

ロスト7

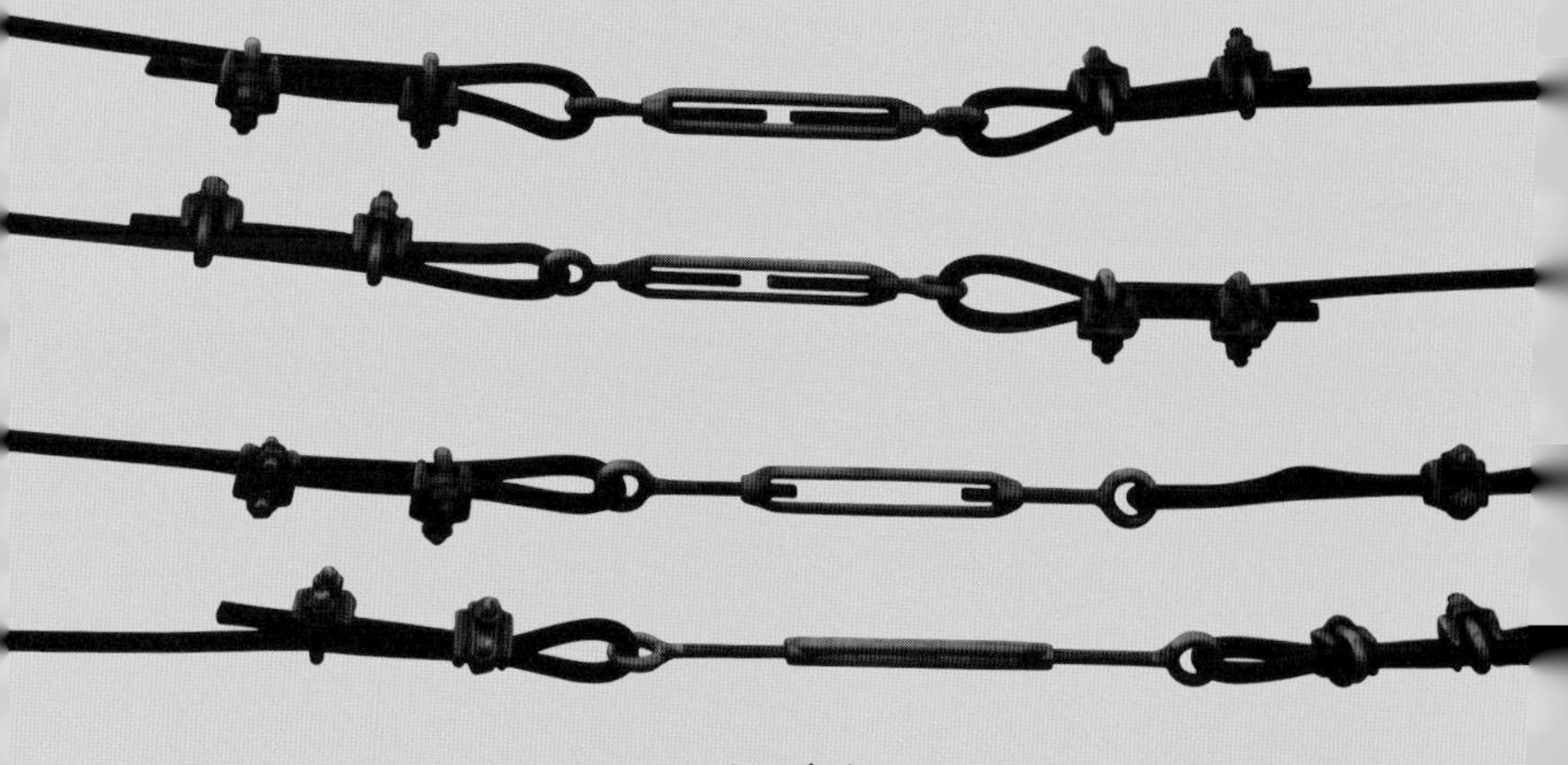

角川書店

ロスト7

主な登場人物

冴木治郎《さえきじろう》　調査事務所所長・元内閣情報調査室長

冴木怜《さえきれい》　冴木の養女、冴木の調査事務所の調査員

内村《うちむら》　冴木の下で働く調査員兼ハッカー

外村《そとむら》　傭兵上がりの冴木の部下

高畠千陽《たかばたけちはる》　日本初の女性総理大臣

円田道彦《まるたみちひこ》　官房長官

戸樫護《とがしまもる》　官房副長官

高畠陽一《たかばたけよういち》　千陽の父、元副総理

高畠陽子《たかばたけようこ》　千陽の娘、蜂谷養蜂場の研修生

新見悟朗《にいみごろう》　新潟県警警備部外事課国際テロリズム対策室長

福岡真希《ふくおかまき》　ＪＢＣ新潟放送局の記者

薫田岳《くんだがく》　ＪＢＣ社会部遊軍記者

蜂谷幸雄《はちやゆきお》　世界七カ所で養蜂場を経営する経営者

西園寺良子《さいおんじりょうこ》　過激派組織「反米アジア戦線　蒼き狼」リーダー

眠りネズミ　北朝鮮の潜伏工作員

ケリー安齋《あんざい》　オンライン・メディアＧＬＯＢＡＬ　ＪＵＳＴＩＣＥ　ＮＥＷＳ（ＧＪＮ）主筆

目次

装丁／岡田ひとみ實（フィールドワーク）
写真／ゲッティイメージズ

プロローグ

一九七九年十一月――。

噎《む》せ返るような部屋で、映写機が音をたてて回っている。粒子の粗いモノクロ映像で、重厚な十二階建てのビルが映し出された。六人の男女が、食い入るようにその映像を見つめている。

ピントが甘いせいで、映像は全て陽炎《かげろう》に浮かんでいるように見える。あの日はうだるような暑さで息苦しいほどだった。

突然、ビルの一階の窓ガラスが吹っ飛び、爆風で数人の人が吹き飛ばされた。

無音のフィルムから、炸裂《さくれつ》した爆音が聞こえそうだ。

「酷《ひど》い……」

誰かのうめき声に、応答する者はいない。

キラキラと輝くものがビルの周辺に降り注いでいる。爆風で粉々になったガラスの破片だった。

「我々は、無差別テロを否定していた。にもかかわらず、西園寺《さいおんじ》は我々の反対を押し切って、このテロを断行した。こんなことをすれば、国民は我々を支援しない。完全な失敗だった」

彼らのリーダーが口を開いた。

「失敗？　バカな。きれい事ばかり言って、何一つ行動できずにいた我々より、実力行使を敢行した彼女は、称賛されるべきでは？」

服部《はっとり》は思わず言葉を発してしまった。

「でも、常に民衆の側に立って活動すべきだと訴え続けたのは、服部君、あなたよ。なのに、西園寺のこんな卑劣な行為を肯定するの？」

「俺たちの革命はママゴトじゃないんだ。必要ならば武力に訴える」

「服部、もういい。いずれにしても、我々の革命は、延期せざるを得ない。プランBである『ロスト7』計画を実施する」

つまり、これから潜伏生活が始まる。

「全員ただちに東京を離れろ」

「期限は？」

「狼煙《のろし》が上がるまでだ」

「西園寺を見捨てるのか」

「致し方ない」

異を唱える者はいなかった。既にテロの実行犯として、西園寺を含む七人の仲間が、警視庁に逮捕されている。

誰も一言もいわず一人また一人と部屋を出て行く。

残っているのはリーダーと服部の二人だけだ。

「おまえ、『蒼《あお》き狼《おおかみ》』を、売ったな?」

「すべては、日本の真の独立のためだ、服部。それぐらい分かるだろう。だから、良子《りょうこ》を奪還しようなんぞ思うなよ」

服部は、無言のまま部屋をあとにした。

必ず、西園寺は奪還する。

*

二〇二五年三月十二日――。

駐米中国大使との会談を終えたマイク・ウイルソン米大統領は、ドアに向けてグラスを投げつけた。

ドアが開いて秘書が顔を覗《のぞ》かせたが、大統領と目が合うと、慌てて閉めた。

「あのクソッタレどもには、もう我慢できん!」

国務長官リチャード・バートンは、スタッフ全員を部屋から追い出し、大統領と自分のために、ジャックダニエル　シングルバレルをなみなみと注いだ。

「マイク、落ち着こう。中国が傲慢《ごうまん》で、狡猾《こうかつ》なのは、今に始まったことではないだろう」

ウイルソンは特別仕様ならではの味わいを愉《たの》しむ気もないらしく、一気に呷《あお》ってしまった。

まるで、子どもだな。

舐《な》めるように芳醇《ほうじゅん》な味を堪能《たんのう》しているバートンは、怒れる熊のように鼻息の荒い大統領に、お代わりを注いだ。

「俺は前から黄色いサルが、大嫌いだったんだ」

中国も、ぶよぶよ太ったヒグマ野郎が嫌いだと言っているだろう。

尤《もっと》も、今、中国と事を構えるのは愚行でしかない。

だとすれば、どうすればいい。

中国に強烈な衝撃を与えたいが、表立って攻撃はしたくない。そんな方法が、あるだろうか……。

「まったく、黄色いサルどもはなぜああも小賢《こざか》しいんだ。中国だけじゃない、朝鮮半島の誇大妄想のバカどももも、自称名誉白人の臆病《おくびょう》者も、みな身の程知らずで、無礼千万。あんなヤツらは、まとめてぶっ潰《つぶ》したいよ。

どうだディック、北朝鮮のミサイル発射への反撃として、ウチから、うっかり北京を誤爆するというのは……」

笑えない冗談だが、ウイルソンは気に入ったようで、高笑いした。

それに同意するつもりはないが、発想は面白いと思った。

中国側が先に仕掛けてくれたら、反撃できる。だが、中国がアメリカを攻撃するのは、考えられない。だとすれば……。

その時、一つ閃《ひらめ》いた。

このところ停滞気味で、いろんな意味でお荷物になっている国が最適だ、とバートンは思った。

我ながら名案だった。

何なら、ペンタゴンやインテリジェンスの陰謀好きな連中に、頭の体操がてら考えさせてもいい。

「おい、ディック！　聞いているのか」

「ちゃんと聞いているよ。それより今、妙案を思いついたんだ。ちょっと時間をくれ」

話してやってもいいのだが、今はこれ以上語るまい。

大統領とは思えないほど、この男は、口が軽い。

ならば、――。

謀《はかりごと》は、固まるまでは胸の内に秘めておくに限る。

そんなようなことを、ハムレットも言ってなかったっけ？

＊

生い立ちからは想像できない上品な若き政治家が、カメラの前に立っている。

ＪＢＣ新潟放送局の記者、福岡真希《ふくおかまき》は、新たに官房副長官に就任した、新潟選出の衆議院議員・戸樫護《とがしまもる》を、スタジオの一角から見つめていた。

過去には副総理も務めた新潟県選出の衆議院議員・高畠陽一《たかばたけよういち》家の運転手と家政婦の間に、護は生まれた。

寡黙で孤独な少年だったが、小学校に上がった時には、学力も運動能力も極めて高い、「神童」に成長していた。一人娘の千陽《ちはる》を総理にしたいと目論《もくろ》んでいた高畠は、護を娘の副官として育てるべく、物心の支援を惜しまなかった。

そして、東京大学に進学後は、生活費を、さらには、北京大学の大学院への留学費用も、高畠が援助した。

　その後、高畠が主宰する政策シンクタンクの主任研究員として、また、二十七歳で衆議院議員に初当選した千陽の政策ブレインとして護は、貢献した。その後、戸樫は高畠父子の支援を受け、衆議院議員選で、新潟四区で初当選。現在、三期目だった。

　四十歳、独身で、合気道四段の腕前だ。留学経験もあるため、中国とは独自のパイプを持つ。

　さらに、千陽の政策全般をサポートし、最近では、若者世代のための社会改革審議会の事務局長も務めている。

　精悍《せいかん》な顔立ちと明るい性格で、若い女性のファンが多い。

　政治家には不信感しかない福岡ですら、好感を抱くほどの「できすぎ君」だった。

　今日は、先月行われた内閣改造で、総理の千陽から強く請われて、官房副長官に就任したのを受けた単独インタビューを行うことになったのだ。

　時間になると、インタビューを担当する女性アナウンサーと雑談していた戸樫が、ネクタイを締め直し、背筋を伸ばした。

　キューが出ると、アナウンサーが予定通りの質問を開始した。

「官房副長官就任後の感想を伺えますか」

「慣れないことばかりで、改めて自分自身の未熟さを痛感しています」

　だが、周囲の評価は、極めて高い。

「具体的に、どのような仕事をされているんですか」

「総理と官房長官のサポートですが、私の場合は、雑務に近いですね。文書の整理や、総理が出席される審議会や国会での資料を準備したり、お会いになる方の事前調査などです」

「幼い頃から、高畠総理をご存じだと伺っていますが、総理の印象を伺えますか」

「正義感が強く、行動力にも富んだ方です。現場の現状を、ご自身の目と耳で感じ取られるのは、子どもの頃から変わりません」

「では、総理になられて、一番変わった点は？」

「揺るぎない政治信条をお持ちですが、総理就任後は、多くの方の意見に耳を傾け、熟考の末に決断されるようになられました」

ちょっと褒めすぎだった。

「それでも、ご自身の考えは譲らない場合が多いという、声を聞いたりしますが」

「そこは、事実誤認かと。総理という立場を重々考えた上で、決断されています。一度ついてしまったイメージがなかなか拭《ぬぐ》えないのが、残念ですね」

ディレクターから、カンペを使って追加質問を出せと言われていたので、福岡は手にしていたスケッチブックに、質問を書いて示した。

〝日米関係について、戸樫さんと意見の衝突もあるのでは？〟

アナウンサーが、その質問をぶつけた。

「政治家には、それぞれ自身が信じる政治哲学があります。仰《おつしや》るとおり、総理の日米関係についてのお考えと、私のそれとには、微妙な差はあります。しかし、官房副長官に就いた以上、ここは、総理のお考えを尊重します」

「でも、哲学って、揺るぎないものでは？」

アナウンサーの斬り込みに、戸樫は苦笑いを浮かべる。

「私と総理の対米認識が、正反対なわけではありませんし、内閣の末席にいる以上、一糸乱れず総理の決定を推進するのが、至上命題ですから」

正直に腹を割った点は、よしとすべきか。

続いて、戸樫がこの数年、積極的に取り組んでいる若者世代のための社会改革が話題となった。

「若い頃、養蜂《ようほう》に携わり、ハチから学んだことがあります。ミツバチは、未来の種の保存のために、自己犠牲を貫いて生きています。人間社会もそうあるべきではないか、というのが、活動の根底にあります」

実際、戸樫は、高齢者重視のシルバー・デモクラシーからの脱皮を、長年訴え続けている。また、時に若い世代のために、高齢者が犠牲になるのは、人間として当然の責務だと発言して、物議を醸したこともある。いわば彼が所属する保守党の拠《よ》って立つ基盤の全否定である。

「そのためには、若い世代が未来を勝ち取るために行動しなければなりません。具体的にどんな行動を取るべきかを提案するのが、私のライフワークです」

「その点で、総理と意見が衝突したら、どうされますか」

しばし黙り込んだ後、戸樫は答えた。

「なんとか、総理にご理解戴《いただ》けるように、必死で説得したいと思います」

*

蜂谷《はちや》養蜂場での体験合宿二日目午前七時——。

その場にいる者は皆、白の養蜂着に全身を包んでいる。

「みなさん、養蜂着は、なぜ白色なのかご存じですか」

質問する指導員の綾子《あやこ》と目が合ったので、陽子《ようこ》は遠慮がちに答えを口にした。

「ハチは黒い色に攻撃的な反応を示しますが、白には反応しないとガイドブックにありました」

「正解！　だから、暑いからってフードを外したりしないでね」

「綾子さん、黒色を攻撃する理由は何ですか」

元自衛官だという笑美《えみ》が質問した。

「色んな説がありますが、ミツバチの巣を狙う天敵の色だからだと言われています。つまり、人間とクマね。いずれも黒い毛をしてるでしょ」

それから、一行は丘の上にある養蜂場に向かった。養蜂場といってもただ広い空き地のような場所で、クマよけの柵《さく》で囲われているだけだ。そこに、巣箱がいくつも並んでおり、ぶんぶんという羽音がうるさいくらいに聞こえてくる。綾子の説明では、蜂谷養蜂場は主に日本の固有種であるニホンミツバチを飼育して、ハチミツを採取しているらしい。

だが、ニホンミツバチは元は野生のハチだったので、警戒心が強く攻撃性も高いため、研修生は、セイヨウミツバチで採蜜《さいみつ》作業を体験するのだという。

「柵にも気をつけてね。クマよけの高圧電流が流れているから」

陽子は虫が苦手だ。いや、怖い。

それでも、思いきって参加したのは、会ってみたい人がいるからだ。

防虫ネット付の帽子を被《かぶ》り、白いツナギの養蜂着姿の陽子の目の前をミツバチが飛び回る。

それだけで足がすくんだ。

「怖がらないで。君が彼らに興味を持って真摯《しんし》に接すれば応《こた》えてくれるよ」

声の方を向くと年配の男性がいた。陽子が会いたいと思っていた人、蜂谷幸雄《ゆきお》その人だった。

「私、虫が苦手で」

「きっとハチをじっくり見たことがないだろう。ほら、なかなか可愛いよ」

思いきって、巣箱の近くまで進んだ。そこらじゅうで羽音がうなる。

「私がお手本を見せよう」

蜂谷が、巣箱の蓋《ふた》を静かに開けた。たくさんのハチが飛び出してきたが、陽子ら人間には関心がないようだった。

箱の中の板をゆっくりと持ち上げた。

蜜をたっぷりと蓄えた巣板にはハチがみっしりと張りついている。羽音は大型ファンのうなりにも似ている。近づいて見ると、ハチの体を覆う産毛は、まるで毛皮のように見える。

「触ってごらん」

陽子は素手で、彼らの体に触れてみた。

「うわー、ふわふわ」

母が大切にしている上等のカシミアストールと同じ感触だ。

陽子に触れられても、ハチはおとなしく、巣板から離れない。

「巣板にはかなりハチミツが溜《た》まっているから、たっぷり採蜜できそうだね」

蜂谷が巣板を戻すと、今度は陽子の番だと言われた。

落とさないように巣板の両端をしっかり持って、静かに上げていく。

「うまいうまい。その調子だ」

数匹のミツバチが、陽子の腕に留まった。

黒く大きな眼も、えり巻のように胸を覆う毛も、丸っこい体も見れば見るほど愛らしい。

陽子ははじめて虫を可愛いと思った。そして、一匹のハチが生涯で集められるハチミツは、ティースプーン半分程度しかないことを思い出した。

第一章　亡霊の目覚め

1

五月とは思えぬあまりの蒸し暑さに、髙田信蔵《たかだしんぞう》は目が覚めてしまった。全身、汗だくだ。

水を飲もうと身を起こした時に、固定電話が鳴った。

時計を見ると、まだ午前五時だ。

こんな時間にいったい……。

無視しようとしたが、えんえんと鳴り続ける。さすがに耳障りなので、仕方なく寝室を出て受話器を上げた。

〝青田稲荷《あおたいなり》に不審物がある。大至急調べろ〟

ボイスチェンジャーか何かで加工されたらしい無機質な声だった。

「どなたですか」

〝繰り返す、青田稲荷を調べろ。今すぐだ！〟

また、汗が噴き出した。

胸騒ぎがした。

髙田は、新潟県柏崎《かしわざき》市内の五つの稲荷神社の宮司を兼務している。青田稲荷は、その一つで、髙田は別の稲荷の境内に居を構えている。にもかかわらず、青田稲荷の件で髙田に連絡してきたことが引っ掛かった。

やはり、見にいくしかないか。

玄関を出ると、ムッとする湿気と激しい雨に襲われた。

傘を手にして、パジェロミニに乗り込んだ。

青田稲荷は、首都電力新潟原子力発電所南門の道路を挟んだ向かい側にある。国道沿いにある駐車場に到着した時、雨はさらに激しくなっていた。

合羽を着てくるんだったと後悔しながら、石段を上った。

参道脇の竹林が風雨で激しく揺れている。傘を飛ばされないように握りしめながら、どうか、無事でありますようにとウカノミタマに念じた。

本殿に向かって数歩進んだだけで、その異物が目に入った。

賽銭《さいせん》箱の上に、黒い鞄《かばん》のようなものが置かれている。

昨夕、社務所を出た時には、なかった。

鞄に手を伸ばしたところで、ギョッとして後ずさりした。

鞄の口が開いており、そこに張り紙がある。

〝触るな危険‼〟

朱書きの文字の下に、三ツ葉のマークが記されていた。

これは……。

柏崎市民ならたいてい知っている。

放射能を警告するハザードシンボルだ。

2

五月十九日午前六時十三分――。

世界最大の原子力発電所である首都電力新潟原子力発電所に駐在する新潟県警原発特別警備部隊の当直室で、県警本部からのホットラインが鳴った。

当直長の平瀬《ひらせ》警部補が電話に出ると、

〝ご苦労様です。警備部当直、倉山《くらやま》です〟親しい巡査部長が名乗った。

〝原発至近の青田稲荷境内で、放射能汚染された可能性がある鞄が発見されたと宮司から一一〇番通報がありました。機捜（機動捜査隊）の覆面が現場に急行していますが、そちらの方が近いかと思って、連絡しました〟

青田稲荷は、発電所南門の向かいにある。

「了解、現場に向かわせる。ちなみに、鞄が放射能に汚染されていると言う根拠は？」

〝「触るな危険!!」という文字と放射能のハザードシンボルが示された張り紙があったそうです〟

おそらく悪戯《いたずら》だろうな、と思いながら、平瀬は警邏《けいら》中の当直員を無線で呼び出した。

十一分後、現着した当直から無線が入った。

〝当直長、まずいです。線量計の数値は、一・三ミリシーベルトに達しました〟

普段は、大袈裟《おおげさ》な物言いをしない巡査部長の声が震えている。

一般人が年間に追加被曝《ひばく》する放射線量限度が一ミリシーベルトだ。

「おまえの線量計が狂ってるんじゃないのか」

〝自分もそう思って前田《まえだ》の線量計も確認したら、同値でした〟

心拍数が上がって耳鳴りがした。

「すぐに現場から撤退しろ。稲荷全体はただちに封鎖、俺も、そちらに向かう。宮司の他に民間人は？」

〝いえ、我々だけです〟

「宮司を帰すな。それと、封鎖作業は周辺住民に気づかれるな」


平瀬が青田稲荷に到着すると、現場検証が始まっていた。

雨が降っているが、傘を差して手を塞《ふさ》ぐわけにはいかない。防護服の上に合羽を羽織り、びしょ濡《ぬ》れになりながら作業を進めた。

問題の鞄は賽銭箱の上にある。

サイズは、アタッシェケースを二回りぐらい大きくしたものだった。鞄の口は開いており、そこに警告文が貼ってあった。だが、他には何も入っていない。

「随分、年季の入った鞄ですね」

動画を撮影している隊員が呟《つぶや》いた。

「カメラを貸してくれないか」

双眼鏡の代用だ。三メートルを切ると線量計が鳴るので、これ以上は近づけない。

ズームして見ると、鞄の表面は傷だらけだ。

「何が入ってたんでしょうね」

「鞄が頑丈に補強されているようだ。相当に厄介な物が入っていた気がするな」

「核燃料――とか？」

平瀬も同じことを考えた。

「原発から燃料をくすねたとか。まさかね。本当なら日本中がパニックですよ」

平瀬の携帯電話が鳴った。画像を送信した機動隊長からだ。

〝一体、これはなんだ？〟

「分かりません。しかし、線量計が異常な数値を出しています。かなり厄介なものであることは間違いありません」

山の向こうで遠雷が響いた。

3

午前七時を回ったところで、JBC新潟放送局の福岡真希は、記者クラブを出た。

午前五時から八時まで、JBCは主にニュース番組を続けて放送する。概《おおむ》ねは、全国ニュースだが、午前七時半から三十分間、地域ローカルに切り替わる。そのため、地方詰めの記者にとっては、七時は最も忙しい時間だ。県警本部のみならず、二十九の所轄全てに事件事故がないかを確認し、取りこぼしたニュースがあれば数分で記事にまとめて、ローカルニュースに突っ込まなければならない。

「警電」と呼ばれる電話での警戒作業は、新人が手分けするので、その間、県警キャップの福岡は、県警本部内をさりげなく見回っている。

殺人などの全国ネタになるような事件が新潟県内で発生するのは、年間でも数えるほどしかない。早朝に県警本部を歩いたところで、事件の気配なんてしないのだが、何も起きるわけがないと高をくくっていると、痛い目に遭う。

廊下の先のドアが勢いよく開くと、「情報保秘、徹底だ！」と怒鳴りながら男が出てきた。知った顔だ。

ドアが閉まった時、福岡は男と目が合った。明らかに狼狽《ろうばい》している。

「おはようございます、落合《おちあい》室長」

「おっ、早いね。今朝は泊まり明けか」

「ええ。ウチは人使いが荒いんで、キャップだって泊まり勤務から外してもらえません。落合さんこそ、こんな早朝から血相変えて、何か事件ですか」

落合は一一〇番通報を受電する通信指令室長だ。そんな幹部が、当直勤務に就くことはない。異変が起きたから呼び出されたのだ。

「事件というより、セキュリティだよ。昨日から総理がお国入りしているだろ。そんな時に、システムトラブルがあってさ」

地元出身の高畠千陽総理が、昨夜から、新潟市内の実家に滞在していた。

「それは、大変ですね。で、トラブルって？」

「もう解決したよ。というか、単なるヒューマンエラーだったよ」

そう言うと、福岡がそれ以上話す隙も与えず、落合は駆けて行った。

どう考えても、問題が解決したようには見えなかったんだけどな。

福岡は、後輩にメッセージを送った。

〝通信指令室長が、泡食って指令室から出てきた。怪しい。庁舎回って違和感を持ったら即確認！　という鉄則を守る事件記者は今や化石のような扱いだが、将来は、警視庁か検察担当を希望している福岡には、迷いがなかった。

時刻は、午前七時十一分――。ローカルニュースがスタートするまで、あと十九分。

4

散歩の途中で、足が勝手に〝あの場所〟に向かった。

四十六年前、三歳年上の従姉《いとこ》、貴恵《たかえ》が忽然《こつぜん》と姿を消した浜――日和山浜《ひよりやまはま》海水浴場に、新見悟朗《にいみごろう》は立っていた。雨は小降りになっていたが、それでも傘を打つ音は途切れない。

オン・シーズンなら、昼夜を問わず人で賑《にぎ》わう市民の憩いの場所も、オフになると人の姿もまばらになる。貴恵が消えたのも、ちょうどこの時期だ。

高校二年生だった貴恵には当時、つきあっていた男性がいた。新潟大の学生で、彼も同時に消息を絶ったため、当初、両者の家族は駆け落ちしたのではと疑った。

ところが、男子学生は一週間後に、〝現場〟から二十キロ離れた海岸で意識不明の状態で発見される。意識を回復すると、「日和山浜海水浴場で、二人で夕陽を見ていたら、突然背広姿の三人組の男性に襲われた」と証言したため、誘拐が疑われた。

当初、メディアも政府も、北朝鮮が日本人を拉致しているという情報に懐疑的だった。

ところが、日本海沿岸の広い範囲で、多くの日本人が忽然と姿を消している事実が明らかになっていくにつれ、メディアは、拉致疑惑を見過ごせなくなる。

そういう過程を、新見は拉致被害者の関係者として見つめてきた。そして、一向に進まない日朝間の交渉に痺《しび》れを切らし、「俺が自分で、貴恵ちゃんを捜す！」と警察官を志願したのだ。

そして、三十二歳で県警警備部の拉致担当刑事となり、以来、三十年近く拉致被害捜査に打ち込んできた。

結局、何の成果も上げられず、このまま定年を迎えてしまうのだろうか。

無念だった。そのせいか、最近は、貴恵の夢をよく見るようになった。

夢の中で、新見は彼女とキャッチボールをしている。

実際、貴恵はカーブが投げられるほど運動神経が良く、ボールを持てば、必ず手本を見せてくれた。

「悟朗ちゃん！　スナップをしっかりと利かせて。肩で投げる！」

そんな懐かしい夢を見た朝は、足が浜に向かってしまうのだ。

なんで、こんな場所で拉致されたのか。

海は荒れていた。

ウインドブレーカーのポケットで携帯電話が鳴っている。ディスプレイに「課長」と表示されていた。

「新見です」

〝あっ！　新見室長、おはようございます。向坂《さきさか》です。先ほど、新潟原発の近所で、高線量の放射線を発する鞄が発見されたという通報がありました。大至急本部に来て戴《いただ》けますか〟

5

〝捜一、捜二、生安などまわってみましたが、不穏な動きとか、ないみたいです〟

後輩記者の報告を聞いた福岡は、私の考えすぎか、とも思った。いや、違うな。指令室長は、私と目が合った瞬間、狼狽していた。何かが起こっているのだ。

エレベーターの扉が開いて、男が降りてきた。

警備部外事課国際テロリズム対策室長の新見悟朗警部で、拉致問題のエキスパートだ。なんで、こんな早朝に、テロ対の責任者が出勤してくるの。

「おはようございます、新見さん。誰か発見されましたか」

「おっと、福ちゃんじゃねえの。おはよう。早いね。何だ、また廊下でネタ漁《あさ》ってるのか」

彼には、春に、拉致問題の特集番組を制作した時に、じっくりと取材した。

「天下の新見室長が、こんな朝早くに本部に顔見せたら、普通は一大事が起きたと考えますけど」

「俺が早起きなのは、知ってんだろう」

知っている。だが、本部にはめったに顔を出さないのも知っている。

「教えて下さいよ。誰が見つかったんですか」

「拉致関係じゃないよ。お願いだから、先走ったニュースはやめてくれよ」

「じゃあ、ヒント下さい」

その時、制服警官が、「新見さん、課長は、ヘリポートです」と声をかけてきた。

ヘリを飛ばすのか。だったら行き先は佐渡《さど》あたりか。

「佐渡ですか？　何があるんです？　ヒント下さいよ。でないと、拉致で新たな動きって打っちゃいますよ」

さすがに新見が不快感を示した。

「そんな飛ばしは、恥をかくからやめとけ。拉致じゃない。きっとニュースにもならないで終わる。そうでなければ、あんたには早めに耳打ちするから」


新見を乗せたエレベーターの扉が閉まったと同時に、福岡は階段を駆け下りた。新潟県警庁舎にはヘリポートがない。隣接する新潟県庁のヘリポートを利用するはずだ。

せめて、ヘリコプターの進路を、福岡は確かめたかった。

外に飛び出ると、雨が止《や》んでいた。県庁舎は、地上十八階建ての高層ビルで、真下からではヘリの離陸も確認できない。

見上げて見えないなら離れて見るしかない。水たまりを何度も踏みつけ、スラックスの裾《すそ》が泥で汚れた。それも、気にせず走った。

振り返ると、ヘリのローター部分が見えた。とりあえず、方角は確認できる。

拉致問題のエキスパートが、「拉致じゃない」と断言した。まさか、お国入りしている総理に危険が迫っているのだろうか。だったら、ヘリは総理の実家がある東に行く。

だが、離陸した県警ヘリは南に進路を取った。

南⁉

予想外の方角だった。

南にあるのは燕《つばめ》市や三条《さんじょう》市、あるいは、長岡《ながおか》市……いや……もしかして、柏崎市か。

福岡は、柏崎通信局長に一報入れることにした。長年、原発報道を続けているベテラン記者だ。

〝お疲れ。何だ、事件か〟

「安井《やすい》さん、おはようございます。新潟原発で、何か異変が起きていませんか」

6

離陸するなり、外事課長の向坂孝輔《こうすけ》からタブレット端末を渡された。

「新潟原発近くの神社で発見されました」

表示されている物を一瞥《いちべつ》して、それを資料として見たことがあるのを新見は思い出した。だが、すぐに打ち消した。そんなものが我が国にあるとは思えない——いや、ありえないことが起きる時代なのだ。

「高い数値の放射線量が検出されたんですよね」

「一・三ミリシーベルトあったそうです」

十数年前に発生した原発事故の経験から、その数値の意味が理解できた。

「一般人が一年で被曝する限界値を超えている……。これと同様のものを、はるか昔に、写真で拝んだ気がします。おそらく違うと思いますが」

「えっ！　新見さんには、こいつが何かお分かりになるんですか」

向坂は、警察庁から出向しているキャリア官僚だ。年は若いが、礼儀正しい好青年だった。

「それで、写真というのは、何だったんですか」

機内では、無線マイク越しの会話になるので、当然、パイロットにも聞こえている。向坂にだけ伝わるよう、新見は筆談した。

〝携行可能な原爆〟

手帳に大きな字で書くと、向坂が驚愕《きょうがく》した。

〝旧ソ連崩壊後、かなりの数が行方不明。九〇年代に要警戒として警備、公安関係者に写真が配付された〟

それらは、チェチェンのゲリラが大量に強奪したという話もあれば、アル・カイダの故オサマ・ビンラディンが彼らから購入したとか、北朝鮮の金正日《キムジョンイル》も三発持っていたなど……、陰謀好きの連中があることないことほざいていた。

だが、日本に持ち込まれたという話は聞いたことがない。

「ちなみに本体は見つかっていないんですか」

「現場からの報告では、鞄だけです」

「脅迫状の類《たぐ》いは、ないんですか」

「鞄が危険と書いたものは遺留されていましたが、脅迫状や声明文などは今のところ、ありません。この鞄だけだとしたら、悪戯の可能性もありますよね」

それは警備部の幹部が口にすることじゃない。絶対安全が確認できるまで、これは本物であり、徹底的な捜査が必要だった。

「東京には、連絡済みですか」

「いえ、まだです。私と新見さんで、現物を見てから報告すべきかと思いまして」

何を悠長なことを。

「課長、一刻も早く伝えるべきです。こういう案件は、時間との闘いですから。それに、東京には、これが本物かどうかを判断できる人もいるかも知れない」

「ホントですか？　どなたか、お心当たりがあるんですね」

「冴木治郎《さえきじろう》。既に一線は退かれている方ですが」

新見がその人物に会ったのは、もう十年以上前のことだ。日本にも、こんなインテリジェンスのエキスパートがいたのかと驚いたのを覚えている。

「その方なら聞いたことがあります。東京五輪の暗殺事件解決の立役者だった方ですよね」

7

その朝、冴木が警視庁の道場に顔を出すと、怜《れい》がいきなり、「名誉師範、お手合わせをお願いしたい」と挑んできた。

彼女は黙って道場の中央に立った。二十数人の門下生は呆気《あっけ》に取られていたが、怜が本気と見たのか、稽古《けいこ》を中断した。

今年、冴木は警視庁の合気道道場の師範を娘の怜に譲った。高齢が理由だった。

とはいえ、体がなまるのは嫌だったので、週に一度は、道場に顔を見せていた。

今朝も、軽く乱取りしたら、あとは門下生たちの稽古を見学して、引き上げるつもりだった。

突然、何を言いだすのやら、とは思ったが、門下生も注目している中、冴木はもはや引き下がれなかった。

「名誉師範、手加減なしでお願いします」

怜は、かつて冴木の好敵手だった北朝鮮のスパイの忘れ形見だ。

子どものなかった冴木夫妻の養女となったのは、二十年以上も前の話だ。

成長し、実父の素性を知った後、怜は家を出た。その後、行方不明だったのが、妻に先立たれてからしばらく経ったある日、冴木の元に戻ってきた。以来、冴木が内閣情報調査室を退職後に立ち上げた調査会社の調査員として働いている。

家出していた間、どこで何をしていたのかを、怜は一切語ろうとしない。ただ、素人とは思えぬ高い戦闘能力をどこかで身につけたらしいことは、一目で分かった。

「父さんの下で働くための修行をしていただけ。でも、もっと鍛えて欲しい」と合気道の修練にも励み、既に冴木と互角以上の実力者に成長した。

だが、こんな風に、正面切って〝対決〟したことはない。

立ち合いが始まっても、怜は攻めてこない。

冴木が間合いを詰めたが相手はぴくともしない。

さらに一歩詰めた時、相手の手が凄《すさ》まじい速さで伸びた。冴木は上体をかわし、相手の二の腕に触れた。

怜は横に一回転した。直後に、冴木の懐に入ってきた。

猛烈な気が右手首で炸裂《さくれつ》した。冴木はすぐに怜の腕を摑《つか》んで投げた。

「そこまで！」

審判の声で、怜は、立ち上がって深々と頭を下げた。

「ありがとうございました。まだまだ修行が足りませんでした」

「何を言ってる。おまえが勝っていたよ」

ウソではない。こいつは、わざと俺に投げさせたのだ。

それは、敬老の精神か、それとも多くの弟子の前で俺に恥をかかせたくないという配慮か。


「冴木さん、ご無沙汰《ぶさた》しています」

スーツ姿の男が近づいてきて会釈した。

「なんだ朝っぱらから。ここは、おまえのような男が来る場所じゃない」

早見雅司《はやみまさし》は冴木が内閣情報調査室にいた時の部下で、現在は、創設されたばかりの内閣府テロ対策情報局次長だった。

東京五輪暗殺事件の際に、重大な裏切り行為をしたにもかかわらず、しぶとく生き残ってきたわけだ。

早見は手にしていたスマートフォンの画面を冴木に見せた。

古びた黒い鞄の画像が映っている。

「この鞄から、高い数値の放射線量が検出されたそうです」

「〝レベジの核〟か……」

一九九七年、エリツィン大統領の安全保障問題担当補佐官、アレクサンドル・レベジ将軍が、アメリカの議員団との非公式な会合で、旧ソ連は、どこにでも携行できるスーツケース型の核爆弾を開発していたと暴露した。爆発すれば、十万人以上を殺す能力がある。そして、ソ連崩壊後に八十四個が行方不明になっていると。

その三ヶ月後レベジは、アメリカの報道番組のインタビューに答え、行方不明のスーツケース核は一〇〇発以上だと修正した。

　レベジの発言について、当初は黙殺していたロシア政府も、騒動が収まらなかったのを受けて、声明を発表する。彼らはスーツケース核の存在を否定し、旧ソ連時代を含めて、ロシアの核兵器が行方不明になった事実はないと断言した。

　日本では、二〇一三年に産経新聞が、「北朝鮮が日本の原発に核攻撃を計画していた」と報じた。さらに、その場合の核攻撃とは、スーツケース核――すなわち〝レベジの核〟を利用したものだという情報もあった。

　しかし、根拠に乏しいものとして他のメディアは黙殺。政府もコメントすらしなかった。

　冴木も独自の調査を続けていたが、「そういう計画は実際にあったが、核戦争を望まない北朝鮮の幹部が日本のメディアにリークして、阻止しようとした」という噂が届いた。

　だから、新潟原発付近で、こんな鞄が見つかったと聞いて、でたらめだと笑い飛ばせなかった。

「中身は?」

「見つかっていません」

　早見の顔に、まだ伝えていない重大事があると書かれている。

「ちなみに、今、総理は新潟にいらっしゃいます」

第二章　挑発の波紋

1

内閣官房副長官である戸樫護と日本初の女性総理大臣、高畠千陽は、新潟市郊外にある養蜂《ようほう》場に向かっていた。その道中で、総理はずっとタブレット端末を見ている。

白髪頭の男が、自身が運営する基金を説明する動画だった。

三年前にガンの特効薬を開発してノーベル医学賞を受賞した、京都大学名誉教授の宝田純志《たからだじゅんじ》だ。

七十二歳の宝田は、三ケ月前、宝田基金（ＴＦＦ＝ＴＲＥＡＳＵＲＥ　ＦＩＥＬＤ　ＦＵＮＤ）を設立した。夢に向かって切磋琢磨《せっさたくま》する若者に、資金を無償提供することを目的とした基金である。

〝最近は、大志を抱く若者が減ってきた。日々の生活費を稼ぐのに汲々《きゅうきゅう》として、夢を追う時間がなくなったからだと言うじゃないか。ならば、夢追い資金を提供しようと考えたんだ。夢は実現しなければ意味がないからね〟

基金の資金源は、特許料だ。宝田が開発した特効薬は、膵臓《すいぞう》ガンに極めて有効で、今や世界中で使用されている。その膨大な特許料を原資に、基金を立ち上げたという。

同じ頃、総理が若者のための活性化事業を強烈に推し進めたいと言い出した。そこで、特別補佐官として宝田を招聘《しょうへい》したいと戸樫が推薦したのだ。

下降傾向にあった内閣支持率を押し上げる秘策が若者活性化プロジェクトだが、今ひとつ決定打に欠けていた。そこで、宝田の招聘を支持率回復の起爆剤にしようと考えたのだ。

総理は宝田と面識があった。父である元副総理、高畠陽一の大学の同窓なのだ。その縁でアメリカのプリンストン大学に留学していた頃に、何度か会っているらしい。

「宝田さんが補佐官になるのはいい案だと思う。だけど、受けて下さるかな?」

「そこは、私が説得します」

助手席に陣取る事務秘書官の杜埜《もりの》が蜂谷養蜂場への到着を告げた。

2

冴木が乗るレクサスが、総務省や警察庁がある中央合同庁舎第二号館に到着した。

「ここからは、ヘリで現場に向かいます」

早見が告げた。

「現場って、柏崎までヘリで行くのか」

「テロ対局所有の高速ヘリなら、新潟原発までは一時間余りです」

ビルの屋上には、ヘリコプターがスタンバイしていた。警視庁も採用しているアグスタA109だ。

機内には、警察庁警備局国際テロリズム対策課情報官の市橋《いちはし》、テロ対策情報局の三人が、先に乗り込んでいた。

「総理は、もう避難したんだろうな」

ヘリコプターが北上し始めたところで、冴木が尋ねた。

「発見されたのは、鞄《かばん》だけですよ。さすがに避難は大げさでは」

相変わらず早見の危機意識は薄い。

「それは、おまえの判断なのか」

「いえ、ウチのボスです」

「総理の訪問先に本体が仕掛けられているかも知れないのに？　アホ局長だけじゃなく、おまえも切腹ものだぞ」

ヘッドセット越しの会話なので、冴木の罵倒《ばとう》は同乗者全員に伝わった。

「避難準備くらいは完了しているんだろうな」

「空自の新潟分屯基地にヘリを手配済みです。訪問先から分屯基地までお連れして、その後、空自の救難捜索機で東京にお戻り戴《いただ》きます」

「現場の保全状態は？」

それについては、市橋が答えた。

「新潟県警が、現場封鎖を終了しています。それで、ブツをどこに搬送すればいいのか、冴木さんのアドバイスを戴きたいと申しております」

「新潟県警には知り合いはいないんだが」

「警備部外事課国際テロリズム対策室長の新見悟朗警部です。長年、拉致《らち》担当の最前線にいた人物です」

「そうか、彼はまだ現役だったのか」

冴木自身が拉致問題に関わったことはないが、内閣情報調査室にいた頃に北朝鮮のスパイとは接点があり、それを知った新見が、訪ねて来たことがあった。

拉致問題が一段落し、新たな拉致被害者の探索に対して政府が消極的になった時だった。聞けば、彼の従姉《いとこ》も拉致被害者だという。

それで北朝鮮の複数の諜報員《ちようほう》に探りを入れてはみたものの、芳しい回答はなかった。

それでも、新見は懲りずに冴木が在職中に、探索を要請してきた。

「新見室長は、あと半年ほどで、定年を迎えます」

「で、今回は彼が現場を仕切っているわけだ」

「ブツを見て、スーツケース核ではないかと言ったのも、彼です」

ヘリコプターは、関越《かんえつ》自動車道に沿って北上中だ。眼下に見えるのは、三国峠《みくにとうげ》だろうか。

冷戦時代の遺物が、令和の日本に出現した意味――。それを俺は問い続けながら、面倒な事件の渦に呑《の》み込まれていくのか。

3

蜂谷養蜂場は、総理とインド首相を迎える準備に追われていた。春紀《はるき》は、ハチが興奮して警備の警官やメディア関係者を攻撃しないように巣箱の近くで待機している。普段の何倍も人間がいる状況に、ハチが神経を昂《たかぶ》らせているからだ。

場内にいる者は、政府関係者はもちろん、メディアにも白い防護服の着用を求めている。

〝春紀君、顔、怖すぎ〟

ワイヤレス・イヤホンから倉橋《くらはし》綾子のからかう声がした。綾子と目が合うと、リラックスしろとジェスチャーしてきた。

彼女も蜂谷養蜂場で働いており、今日は高畠総理とチャンドラ首相を案内する大役を務める。

正門に陣どるメディアが騒がしくなった。

総理一行が到着したようだ。

綾子の隣には、養蜂場の主《あるじ》である蜂谷幸雄と妻のみどり夫妻が立っている。蜂谷は七十二歳には思えないほど筋肉質の体格で身長は百七十センチ足らずだが、堂々としている。みどりは、体調不良をおして側にいる。

先に到着したのは、黒塗りのセンチュリーだった。

後部ドアが開くと、白のスーツ姿の総理が降りてきて、出迎えた蜂谷夫妻と握手を交わした。

その様子を、メディアが一斉に撮影する。

次に、チャンドラ・シン首相が乗車しているロールス・ロイスが到着した。

高畠総理自らがチャンドラ首相を迎えた。チャンドラ首相は、真っ白いクルタパジャマを身につけている。

それからチャンドラ首相は蜂谷と力強く抱擁した。

二人の会話に高畠総理も加わり、暫《しばら》くその場で談笑が続いた時だ。上空にヘリコプターが現れ、降下を始めた。

それが、航空自衛隊の救難ヘリＵＨ－６０Ｊであるのに、春紀は気づいた。

ＳＰは、ヘリコプターの着陸地点めがけて駆け出している。

春紀は、戸惑っている綾子の無線を呼び出した。

「何が起きたんだ？」

〝よく分からないけれど、大至急ここから避難して欲しいと言われたみたい〟

蜂谷夫妻の方を見ると、メディアと警察関係者にもみくちゃにされている。

蜂谷もみどり夫人も取り乱す様子もなく、二人の首相が駆けていった方向を見つめていた。

その場でメディア対応をしていた戸樫官房副長官が、暫く養蜂場を眺めた後、踵《きびす》を返した。

4

「あと、三分ほどで、現場上空です」

パイロットのアナウンスで、カメラマンが撮影を始めた。

原発側から撮影したかったが、原発上空は飛行禁止区域だ。仕方なく陸側に迂回《うかい》し、現場に近づくことにした。

新潟県警の新見の行き先が新潟原発かも知れないと察した福岡は、すぐにヘリを手配した。

ＪＢＣ柏崎通信局長の安井の話では、原発に近接した場所にある稲荷社で不審物が見つかったとの通報があり、県警が封鎖しているという。

福岡は、カメラに接続したモニターを凝視している。稲荷の参道に多数の警察車輌《しゃりょう》が連なっているのが見えた。

「もっと、アップにしてよ」

カメラマンがズームすると、捜査員の姿が鮮明になった。全員が防護服を着ている。

「何なの⁉　あの物々しさは」

考えられるのは、放射能に汚染されている可能性があるということだ。

稲荷の本殿のあたりに、ブルーシートが張られている。シートの下に何があるのかは、不明だった。

「ここから収録したいんだけど、原発をバックに私を映せる？」

「えっと、ちょっと難しいなあ。操縦士さん、機体を少し傾けられますか」

機体が左側に旋回すると、カメラマンが福岡にレンズを向けた。

「現在、新潟県柏崎市の首都電力新潟原子力発電所の上空にいます。今朝早く、原発に近接する青田稲荷で、不審物が発見されたとの通報があり、現在、新潟県警の捜査員が現場検証を行っている模様です。ご覧のように、捜査員は防護服に身を包んでおり、現場には致死率が高い化学物質やウイルス、あるいは放射性物質があると見られます」

それから新潟放送局の報道部を、無線で呼び出した。

「新潟原発の近くで、県警が防護服を着用して極秘で処理をしています。〝特報〟を打つべきでは、と思うのですが」

〝情報が少なすぎる。県警は、何を聞いても、現在調査中としか返さない。柏崎署は、まったく蚊帳《かや》の外のようだ〟

「現場の捜査員は、皆、防護服を着ているんですよ。それだけで、充分では？」

〝この手の話は、視聴者にパニックを起こさせる可能性がある。慎重の上にも慎重な対応が必要なんだ〟

その時、誰かに話しかけられたらしいデスクが、驚いた声を上げた。

〝悪い、別の場所でも緊急事態が起きたようだ。一旦《いったん》切る〟

デスクの慌てぶりで、新潟市郊外にいる総理に、何かあったに違いないと察した。

5

ＪＢＣのヘリコプターが上空で旋回しているのに気づいて、新見は激怒した。

「誰か、あれをやめさせろ！」

向坂が広報官に連絡を入れると、数分後にヘリコプターは姿を消した。

「総理とインド首相は無事に緊急避難し、空自の新潟分屯基地に向かっていると報告がありました。三十分後に、県警本部で会見があります」

ならば、この一帯は大騒ぎになるな。

「メディアと野次馬が来る前に、鞄を移動させましょう」

「本庁からは、冴木さんを含めたテロ対策情報局の責任者が到着するまでは、搬送を待つように言われています」

「そんな悠長な。万が一のことが起きたらどうするんですか。それに爆発物処理班も既に待機しています。安全を優先させましょう」

向坂は、また、どこかに電話をした。

自分では決められないのだ。

新見が爆発物処理班を本殿近くまで寄越《よこ》すように手配したところで、向坂はようやく通話を終えた。

「お待たせしました。迅速に移動せよとのことです」

「私は、処理車と一緒に、高田《たかだ》駐屯地に向かいます。課長はどうされますか」

「えっと、私はもう少しここに残ります」

核が怖いのか。

「でしたら、冴木さんにブツは高田駐屯地に搬送する旨を伝えて戴けますか」

一刻も早く、冴木にあの鞄を見せたかった。彼も同じ考えだろう。

＊

分屯基地に到着すると戸樫は、チャンドラ首相一行を、応接室に案内した。挨拶《あいさつ》に来た基地司令に手厚いもてなしを頼むと、自身は総理の待つ会議室に入った。

「何が起きたか、詳細をお願い」

苛立《いらだ》ちを隠せない総理の声が尖《とが》っていた。

事務秘書官の杜埜が状況を説明した。

「現在、東京から専門家チームが、現地に向かっているとのことです。発見されたのは、中が空の鞄だけで、放射能に汚染されているとはいっても、拡散の危険は少ないようです」

「だとしても、念のために周辺住民を避難させなければ」

総理の独り言のような呟《つぶや》きに、戸樫が答えた。

「総理、もう少し様子を見ましょう。拙速に動けば、大パニックが起きます」

「暢気《のんき》なことを。大事な会談を邪魔された上に、放射能だなんて！　冗談じゃない」

対中対策強化と、アジア地域での日本のプレゼンスを上げるため、インドと固い絆《きずな》を結びたい、というのが、チャンドラ首相との会談の最大の目的だった。だから、チャンドラ首相が強く希望した山奥の養蜂場まで、わざわざ足を運んだのだ。

そんな時に、原発至近にスーツケース核の疑いがある物が発見された――。落ち着けという方が無理かもしれない。

「原発内の、爆弾捜索は？」

「原発内での捜索は行っていないそうです」

官邸広報官から連絡が入った。

〝総理、ＪＢＣが速報を出しました。新潟原発付近で、危険物質発見かと〟

動画付きで、現場の上空からの様子を報じている。

「一刻も早く新潟を離れましょう」

そう言うと、総理は会議室を出、戸樫も続いた。

6

陸上自衛隊高田駐屯地に到着すると、冴木ら一行は、鞄を安置する倉庫に案内された。

庫内はきれいに片付けられている。そこにあるのは、鋼鉄製のコンテナだけだ。現在、鞄は搬送中だという。

「検証作業は、この中で行って戴きます。コンテナ内には、作業台と二基の強力な投光器を設置してあります。それ以外に必要なものはございますか」

冴木は「充分です、ありがとう」と返した。

「総理とチャンドラ首相は、まもなく空自新潟分屯基地から東京に向かうそうです。また、総理が首都電力の社長と話をされて、原発内の安全確認を行うことも決まりました。それと、JBCが現場上空にヘリを飛ばして、速報を出したそうです」

東京と連絡を取り合っていた早見が報告した。

「それは、まずいな。地元の反応は？」

「分かりませんが、パニックになる可能性も考えられます」

本当は、旧ソ連の核兵器の専門家を呼んできて、確認してもらうべきなのだが、早見に提案したら、「冗談でしょ」と一蹴《いっしゅう》された。

冴木のスマートフォンに、冴木調査事務所の調査員の内村《うちむら》から、何通かメールが届いていた。

〝ひとまず、「スーツケース核」の資料を送ります〟というメールには、何枚も写真が添付されていた。そこには、スーツケースの寸法も記されていた。

それ以外に、元KGBの課報員だった人物からの返信があった。

〝ジロー、また、とんでもないことに巻き込まれているようだね。お尋ねの物については、私の専門外だ。分かりかねる。分かる者を、探してみるよ
ユーリ〟

それから、冴木は旧知の男に電話を入れた。

「〝和尚〟、ご無沙汰《ぶさた》だな。元気か」

〝チェンマイは快適だ。あんたの声を聞くまではな〟

〝和尚〟は、元北朝鮮の対日工作責任者だった。故あって現在は、祖国から身を隠している。

「あんたの祖国は携行可能な核兵器を持っていたよな」

〝あれは、デマだ〟

「デマじゃないかも知れんぞ」

〝そんな楽しいことが起きているのか。痛快だな〟

「詳しく知りたい。今日は素面《しらふ》なんだろ？　探ってくれないか」

〝お断りだ。あそことは一切関わりたくない。それは、あんたの国も同じだ〟

「無料とは、言わんよ」

世界を股《また》にかける逃亡者なら、カネはいくらあっても困らない。

しばらく無言が続いた。

〝――今回だけだぞ〟

「さすが、〝和尚〟。頼りになるよ」

7

救難捜索機U－125Aが巡航飛行に入ったところで、総理は、チャンドラ首相に詫《わ》びた。

「新潟原発をご案内できず本当に申しわけありませんでした。代わりに福井県の原発にご案内しようかと考えています。あちらには、貴国との間で交渉が続いているプラントと同じタイプの原子炉を有する発電所もございます」

インドへの原発プラント輸出は、日本にとって大きな意味を持っていた。

今回、養蜂場を訪ねるついでに新潟原発視察を押し込んだのも、そういう理由だった。

「せっかくのご厚意はありがたいが、今日はやめておきましょう。それより、貴国の核武装について、総理の見解を伺えませんか」

U－125Aは、外観はビジネスジェットなのだが、機内は救難捜索を目的に設《しつら》えてあるため、ベッドを座席代わりに向かい合って話をしている。

戸樫以外に秘書官が控えており、そんなデリケートな話ができる雰囲気ではなかった。

「さすがに、我が国にとって極めて重大なテーマのため、ここでの議論はご勘弁願います」

「では、個人的な意見交換というのでは、如何《いかが》ですか」

日本の総理が、核武装について語るのは、絶対的にタブーだ。

うかつな一言で確実に潰《つぶ》されてしまう。

「チャンドラ首相、この問題では、個人の発言をするわけにはまいりません。どうかご理解ください」

官房長官から、メールが入った。

〝たった今、官邸のウェブサイト宛に以下のようなメールが届きました〟

〝青田稲荷のブツは
警告だ
高畠　おまえは約束を守れ
ロスト7〟

第三章　混乱と不信

1

あれほど混雑していた成田《なりた》空港の入国審査ゲートが、ようやく落ち着いてきた。

交替まであと二十分を切ったところで入国審査官、横須賀康博《よこすかやすひろ》は、ランチをどこで食べようかと考えていた。

朝食が少なかったので、今日はがっつりいきたいところだ。ロースカツ定食か、焼肉丼大盛りか。

ささやかな楽しみを破るかのように皺《しわ》だらけの手が視界に割り込み、赤いパスポートを開いている。

「えっと、ここは外国人用なので、日本人の方は」と言ったところで、横須賀の前のモニターがアラートを示した。

パスポートが、国際手配しているテロリストの物だと、告げている。

横須賀は、慌てて目の前の女性を凝視した。

日に焼けた顔は皺が深く、画面上に現れた若々しい手配写真とは似ても似つかぬ老醜を晒《さら》している。

駆けつけた空港警察の警官が、老婦人の両脇に立って、「恐れ入りますが、少しお話を伺えますか」と声を掛けた。

老婦人は結局、一言も言葉を発さず、警官に連行されていった。

横須賀は、もう一度手配写真を見た。

大亜《だいあ》重工ビル爆破事件被告及び連合赤革軍事件容疑者、西園寺良子——。

2

「総理、予定を切り上げたのはなぜですか」

航空自衛隊新潟分屯基地から官邸に戻った総理に、記者団が声をかけてきた。

「柏崎市内で高線量の放射線を発する物が発見されたので、大事を取って予定を中止しました」

「新潟原発の近接地で見つかったそうですが」

彼らも、ＪＢＣの速報を観たのだろう。

総理と記者の間に戸樫が割って入った。

「詳細については、新潟県警に聞いて下さい」

エレベーターホールで待っていた官房長官の円田《まるた》道彦《みちひこ》と共に、危機管理センターに向かった。

平時から二十四時間体制で、国内外の情報収集を行い、緊急事態が発生した場合には、対策本部の役割を担う。

柏崎市内で発見された高線量の放射線を発する物が、携行可能核兵器の一部かも知れないと判明した段階で、円田が、ここに対策本部を立ち上げたのだ。

対策本部会議室に総理が入ると、内閣危機管理監を務める権藤荘八《ごんどうそうはち》が状況を報告した。昨年まで警視総監を務めていた切れ者だが、さすがに緊張している。

「ブツは先ほど、陸上自衛隊高田駐屯地に到着しました。その場で検証中ですが、旧ソ連時代に開発されたという〝レベジの核〟の可能性が高いとのことです」

「資料は読みました。この鞄《かばん》が、〝レベジの核〟の一部であると判断できる人はいるんですか？」

「内調（内閣情報調査室）に保存されていた〝レベジの核〟の資料写真と比較すると、同一のものに見えます。ですが、念のために内調ＯＢの冴木治郎という者を現場に向かわせています。彼は、実物を見たことがあるとかで」

答えたのは、テロ対策情報局長の友永嘉人《ともながよしと》だった。

大画面モニターに映し出された資料写真では、鞄の中に核兵器が収納されている。

核爆弾は、１ℓサイズの水筒を縦に二つ継いだ形状だ。ＴＮＴ火薬千六百トン分、広島に投下された原爆の約十分の一の威力があり、爆発すれば、十万人以上の死者が出るらしい。

「新潟原発内の捜索は？」

「百人態勢で捜索しておりますが、今のところ何も発見されていません」

新潟原発の総出力は、世界最大の約八百キロワット。ここで爆発したら、本州の半分は死の荒野と化すだろう。

「新潟県知事からは、原発から十キロ圏内の住民に避難指示を出したいという要請が来ています」

円田が発言した。高畠派の重鎮で、七十八歳という高齢での就任が発表された時は、話題を呼んだ。年齢が若くしかも女性の総理を補佐するなら、永田町《ながたちょう》に睨《にら》みを利かせられる人材が必要と、彼に白羽の矢が立ったらしい。

「何を悠長な。そういう指示は知事が判断すべきことでしょ。原発内で、爆弾が見つかったらどうするの？　それから避難を始めたって、間に合わないでしょ」

「総理、確かにそうかもしれません。しかし、爆破したいなら、とっくにやってるでしょう。鞄だけを置いて、脅迫状を送ってきたということは、県民にパニックを起こさせるのが目的なのかもしれませんなあ」

円田は、こういうことを、悪気もなく口にする。

総理は、新潟一区選出議員だ。

戸樫の選挙区も、新潟原発がある柏崎を地元とする新潟四区だ。

戸樫は、立場上、官房長官の発言に反論しないが、さすがに、今の発言は聞き捨てならない。自身を国政に押し上げ続けてくれる有権者の生命を守れずに、何が国会議員だ。

「失礼ですが官房長官、総理は新潟一区選出なんですよ」

「護、私にとって新潟県民も栃木県民も、みな尊い日本国民です。危険が迫っているという情報ならば、一刻も早くお伝えしなければ。田淵《たぶち》さん、警察庁の方で、安全な避難プランを大至急検討して下さい」

警察庁長官の田淵は、答えに窮している。

「総理、お気持ちは分かりますが、現状で、新潟県民にパニックを起こさせるようなご指示は、慎んで下さい。そんなことをされたら、パニックによる死傷者のリスクの方がはるかに高いと考えられます」

権藤が、代弁した。日本国の危機管理の責任者である危機管理監の言葉は、重い。

「では、付近や原発施設内で、核爆弾が爆発したら、お二人は、責任を取れるんですか」

権藤は顔色を失って黙り込んだが、円田は怯《ひる》まない。

「喜んで、この首を差し上げましょう。なので、ここはご自重ください」

総理と目が合ってしまい、戸樫は発言せざるをえなかった。

「この鞄が、本当に原爆用の物であるとしたら、現場周辺に本体も存在すると考えるべきではないでしょうか。

広島原爆の十分の一であることを、軽んじていらっしゃいませんか。しかも、至近に総発電容量八百万キロワット超の巨大原発施設があるんです。爆発すれば、東京にすら影響を及ぼすのでは？

これは、もっと深刻な事態が起きたと考えるべきかと」

暫《しばら》く考え込んだ上で、総理が口を開いた。

「分かりました。では、一時間だけ待ちます。それまでに、鞄の特定をすると共に、本体を発見してください」

3

冴木は陸上自衛隊高田駐屯地管理棟のモニターで、爆発物処理班が作業する様子を見つめている。

「放射線量は、鞄の内部の窪《くぼ》み部分が最も高いですが、爆発物の存在はなさそうです」

冴木の横で隊員に命令を送っていた処理班長が告げた。

鞄が到着した時に、自分の目で現物を確かめてはいた。

いかにも旧ソ連っぽい野暮ったさだ。

第一印象では「本物」だと思ったが、本物らしく見せた偽物とも考えられる。

これから、専門家を呼んで分解する。千葉県柏《かしわ》市にある警察庁科学警察研究所（科警研）から所員が高田まで出張ってくる。

冴木は、早見と新見に声をかけて、別室に入った。

「さて、新見さん、新潟県内であんな物騒な物を入手できる団体がありますか」

「過激派の活動は、皆無です。唯一考えられるとしたら、北朝鮮の工作部隊ですが……」

「具体的に何か把握されているんですか」

「いえ、あくまでも可能性です。最近は、新潟県で拉致《らち》被害の案件もありませんし、北朝鮮の工作部隊が動いた痕跡《こんせき》も確認できていません」

だが、可能性はゼロではない。

新潟は、長年、在日朝鮮人の帰還事業の拠点だった。

戦後進まなかった在日朝鮮人とその家族の日本から北朝鮮への永住帰国や移住について、政府は新潟港を窓口と定めた。そして、一九五九年末から八四年までに、北朝鮮に約九万三千人が永住帰国や移住をしている。

その一方で、北朝鮮は、帰還事業を対日工作活動に利用していたという疑いがあり、警察庁や新潟県警は、その動向を注視してきた。

今や両国間の定期便はなくなり、新潟市内にあった朝鮮総連も閉鎖されているとはいえ、県内に工作員がゼロということは、ありえない。

「二〇一三年頃に、北朝鮮の工作員が新潟原発を核攻撃するという噂がまことしやかに流れましたね」

早見が言うと、新見は顔をしかめた。

「必死で捜査しましたが、チリ一つ出てきませんでした」

「ロシアマフィアとかは、彷徨《うろつ》いていないんですか」

冴木が話題を変えた。新潟は、旧ソ連時代からロシアと親密で、新潟市内にはロシア総領事館もある。

「マフィアは私の専門外です。冴木さんが何かご存じなら、ぜひ教えていただきたい」

「私はとっくにリタイアしていますから、情報なんて皆無です。ソ連崩壊の中で散逸したと言われている〝レベジの核〟が、チェチェンのゲリラやロシアマフィアに渡ったという話があるんで、念のために聞いただけです」

新見は、まだ納得していないのか、暫く冴木を見つめていた。

「ところで、ターゲットは新潟県と思われますか。それとも首都電力とか？」

冴木の問いに新見は、「分かりません」と答えた。

既に官邸に犯行声明文らしきものが届いていると報告があった。それは新見らの知らないことだ。

外国から送られた可能性も否定はしないが、リアリティがなかった。

「ちなみに新見さんは、『ロスト7』という組織をご存じですか」

「いえ。もしかして、犯行声明文があるんですか」

4

総理が脅迫状の詳細を尋ねた。

官房長官の円田が、文書を一枚、総理に差し出した。

〝青田稲荷のブツは
警告だ
高畠　おまえは約束を守れ
ロスト7〟

「官邸のウェブサイトにメールが届いたのが、午前九時三十四分。差出人も〝ロスト7〟でした。内調と公調（公安調査庁）のデジタルの専門家に、送信者の特定を急がせていますが、現在のところ、特定できていません」

「ねえ、加瀬《かせ》さん、あなたの配下には、凄腕《すごうで》ハッカーとかいないんですか」

「あいにく、存在しておりません。ちなみに総理、ハッキングは、違法でございます」

内調のトップである内閣情報官の加瀬守通《もりみち》は、渋面で答えた。

「官邸のサイトに届いたメッセージが犯人の犯行声明であるという根拠は？」

「『青田稲荷のブツ』とあります。実行犯以外は知らないことです」

「メールは、ＪＢＣの速報より早く受信しているの？」

「ＪＢＣの速報が流れたのは、本日の午前九時十五分です」

ならば、メッセージは悪戯《いたずら》の可能性もあるということだ。

「で、『ロスト7』とは、何ですか」

「総理、警察庁で把握している暴力集団名としては、存在しません。海外にまで網を広げましたが、該当する団体は、ヒットしませんでした」

「じゃあ、個人では？」

誰からも反応がなかった。

何なんだ、この危機感のなさは。

日本のインテリジェンスのトップが、「ハッキングは違法」と言ったのを聞いて戸樫は、卒倒しそうになった。

法律遵守で極秘情報を入手するお行儀の良い諜報《ちょうほう》機関が、この世界のどこに存在するというのだ。

日本に初めて核兵器が持ち込まれたかも知れないという異常事態なのに、事件解明のための手がかりも情報もない。

こんなことで、日本を守れるのだろうか。

戸樫は、怒りを通り越して呆《あき》れてしまった。

「それで、総理。メッセージには、あなたに約束を守れと書かれておりますな」

円田が、他の出席者が聞きにくいことを聞いてきた。

「私が何かを約束して、まだ果たせていないものなんて、山のようにあります。なので、特定できません」

「念のために総理の公式発言からその可能性のあるものを検討致します」

戸樫は思わず言った。

「お願いします。ところで、田淵さん、警察庁としての捜査方針はどのようなものですか」

「鞄が、スーツケース核と呼ばれるものの一部だったとすると、本体を捜す必要がございます。それを最優先致します。また、過去二十年にわたって国内で爆弾事件を起こした団体、個人について再調査致します」

「総理、メディアに対しては、新潟県警と首都電に委《ゆだ》ねましょう」

不確定な情報、臆測《おくそく》を呼ぶような発言は厳禁――、それが総理の姿勢だという持論の円田が提案した。だが、総理は、情報は可能な限り即座にオープンにすべきだと考えている。隠してもいずれ暴露される。そうなると、「官邸の隠蔽《いんぺい》工作」と詰《なじ》られるのだから、隠し立ては悪手だと思う。

「円田さんの意図は分かりますが、犯行声明文が送り付けられたことは、発表すべきでしょう」

「まだ、実行犯のものか確定してませんからな。また、来週からの予算委員会で、声明文のことで突っつかれるのは、時間の無駄でしょう」

確かに、JBCの放送を観た者の悪戯かも知れない。だが、鞄を放置した場所に言及しているメッセージなのだから、実行犯の可能性は消せない。

起きている事態の重大さを考えれば、この声明文をもっと深刻に捉《とら》えるべきだろう。

来週の予算委員会を無事に乗り越えるために、情報公開を控えるようでは、「情報は可能な限り即座にオープン」を標榜《ひょうぼう》する高畠千陽総理の名が廃る。

そもそも核爆弾が爆発すれば、予算委員会どころではなくなる。

だが、誰もそこに考えが至らないのか、会議は終了してしまった。

5

国道八号の西行き、東行きのいずれもが、大渋滞していた。痺《しび》れを切らした福岡は、新潟原発が見える歩道に出てリポートを始めた。今なら正午の全国ニュースに間に合う。

「早朝、柏崎市にある首都電力新潟原子力発電所至近で、高線量の放射線を発する物が発見されました。これを知った柏崎市民の多くが避難しようとしています」

誰もが北陸《ほくりく》自動車道柏崎インターチェンジを目指している。そこから北上すれば、山形県や秋田県だ。あるいは、長岡市を経由して関越自動車道で首都圏に避難できるからだ。

新潟県警の記者会見は、お粗末な内容だった。

青田稲荷で発見された高線量の放射線を放つ鞄は、既に県警の爆発物処理班によって徹底的な調査が行われており、爆弾のようなものは発見されていないとし、質問を一切認めず会見を終了した。

その直後に、新潟県知事が県庁で会見を開いたが、「現在のところは避難指示の発令は考えていない」と発表、続いて、東京の首都電力本社で会見が始まった。速報では、新潟原発内に不審者侵入の痕跡はなく、不審物も発見されておらず、現在は、施設内は安全を維持している
——とコメントしていた。

誰もが、「今のところ、危険はないようだ」というニュアンスの発表をする一方で、安全は確約しなかった。

「県及び警察関係者のあいまいな発表に不安を覚えた市民が、自主的に移動を始めました」

リポートを終えるなり、福岡の携帯電話が振動した。東京の社会部デスクからだ。

〝『県及び警察関係者のあいまいな発表』は、まずいだろう〟

「どうしてですか？　事実ですよ」

〝避難している市民が言うならまだしも、明らかにおまえの主観だ。だから、『県及び警察関係者のあいまいな発表に』を削除して、もう一度やりなおせ〟

なんだ、それ！　現段階で安全宣言ができないのだから、避難指示を出すべきなのに、責任者たちはパニックを恐れている。それは、国民の命を守る機関として無責任極まりない。

反論しようと思った時には、電話は切れていた。

再び携帯電話が振動した。

〝社会部遊軍の薫田《くんだ》です。この事件、僕がご一緒します。よろしく〟

〝ご一緒する〟の意味が分からなかったが、福岡は先輩に挨拶《あいさつ》した。

〝福岡ちゃんに確認して欲しいことがあります。まず、第一発見者を探して談話取ってもらえますか〟

一面識もない相手に、「福岡ちゃん」と呼ばれる違和感を呑《の》み込んで、柏崎通信局の相原《あいはら》と共に探ると返した。

〝次に、この情報、福岡ちゃんのネタ元が端緒だよね？〟

「情報提供を受けたわけではなく、偶然、早朝に県警で国際テロリズム対策室長に会ったので、異変を感じて尋ねた結果です」
〃それは、凄《すご》いよなあ。やっぱりサツ回りは、足で情報稼いでなんぼだね。お見事です。で、そのテロ対の室長に、もう一度接触してもらえないかな？〃
「そのつもりですが、電話が全然繋《つな》がりません。粘りますが、成果があるかどうかは、分かりません」
〃福岡ちゃんなら、やれるさ。それから爆発物処理班も、探ってもらえるかな〃
「すみません、そのあたりにはツテがありませんが、鋭意探ってみます。ちなみに東京では、この件をどの程度深刻にとらえているんでしょうか」
〃首都電では、かなり緊張が走ったようだ。以前から、原発のテロ対策の甘さが指摘されていたからね〃
なるほど……。
〃もしかすると、警察関係者より、柏崎の原発関係者の方が、ネタを取りやすいかもしれないな〃

6

執務室に戻ると、総理は怒りを爆発させた。

「全くどいつもこいつも、ろくでもない。危機管理のいろはもできてないじゃないの！」

総理は言葉を選ばず当たり散らした。部屋にいるのは、円田と戸樫だけだ。

「まぁ、落ち着いて。考えようによっては、腕の見せどころなんだから」

円田は総理の父親の代から仕えており、まるで身内のように話す。

「いずれにしても、無能なお爺《じい》さんたちに、この国の危機は任せられない。我々だけの特別チームを立ち上げます」

円田は、驚いていない。

「人選は？」

「トップは護君で、補佐の人選は、護君に任せる。そして、現場の指揮は冴木さんに託したい。円《まる》ちゃんは、冴木さんを知ってる？」

「面識はないけれど、伝説的な人だからね」

「CIA長官とサシで渡り合ったという噂もあるようだけど？」

「長官はさておき、CIAの対日担当の工作官と対等にやりあっていたのは事実らしいね。その上、旧ソ連や中国、北朝鮮の課報機関ともパイプを持っていた」

日本には諜報機関は存在しない、と言われている。内閣情報調査室という部署はあるが、所《しょ》詮《せん》、CIAからの通達を日本に伝えるのが仕事だというのが、戸樫の実感だった。

「問題は、彼が引き受けるかどうかですな」

「その点は、大丈夫。既に新潟に向かったんだから」

冴木が新潟に赴いたのは、〝レベジの核〟に詳しいためであり、特別チームの指揮官としてではない。

東京五輪で起きた事件の捜査責任者に就いた時、冴木は危機管理監を凌《しの》ぐ権限を求めたと、戸樫は聞いていた。そんなことを、総理は認めるのだろうか。

「総理、冴木さんを指揮官に据えられるのであれば、まず、総理自らが冴木さんとお会いになって、お願いすべきかと思いますが」

「どうして？　そんな無駄な時間は使えないでしょう。必要なら、いくらでも権限を与えるから、あなたからお願いして」

「総理、さすがにそれは乱暴だな。こういうお願いは礼を尽くすことが肝心。せめて電話でお願いして下さい」

総理は渋い顔をしたまま答えなかった。

「ところで、これは官房長官として是が非でも聞いておきたいんだが、『ロスト7』に心当たりは？」

総理は「ない」と即答した。

「そんなあっさり断言してよろしいのでしょうかな。逆に疑わしく響きますぞ」

戸樫も同様の印象を持った。

危機管理センターでは、「脅迫される理由が多過ぎて、分からない」という主旨の発言をしたのに、なぜだ。

「ないものは、ないのだから、答えようがありません。テロリストに脅迫される覚えはありません」

だが、戸樫には、個人と団体を併せて複数の心当たりがある。

アメリカとの関係強化を標榜している影響で、中国やロシアからの風当たりは強い。脱炭素社会《カーボンニュートラル》実現からの離脱を表明して、世界の環境団体から激しいバッシングも受けている。

また、就任後、明治時代から続く名門大手企業二社が経営危機に陥ったのだが、救済しなかった。

そもそも、政敵も多い。

「総理、あなたは闘う政治家なんです。恨みも買っているだろうし、敵も作っているでしょう」

円田は容赦ないのだが、総理はまったく動じない。

「だからといって私を脅す目的で、核兵器を持ち込むだけの度胸のある人なんて、いないでしょう。私に敵がいるというのであれば、見つけ出してから言ってください」

説得力はある。だが、日本が先進国の一翼を未《いま》だに担っている以上、テロリストに狙われるリスクは存在する。過去に、起きなかったのが、幸運だったと考えるべきだ。

話は以上だと言わんばかりに、総理はワークに取りかかった。

政務秘書官が、入室してきた。

「二時間ほど前、成田空港で、国際手配中だったテロリスト、西園寺良子が、逮捕されたという連絡が入りました」

7

「状況証拠的には、青田稲荷神社で発見された鞄は、〝レベジの核〟に酷似している。また、鞄はかなり年季の入った物で、『本物』の可能性は高い。あとは、科警研の分析に委ねることだ」

早見に、現状で分かる範囲の所見を述べたところで、冴木の役割は済んだ。

これで、解放されるが、せっかく新潟まで来たんだ。

美味《おい》しい魚と酒でも堪能《たんのう》して帰るか。

「本体は、どこにあると思われますか」

「それは、犯人に聞いてくれ。俺には見当もつかない。それより例の声明文について、新しい情報はないのか」

「いまのところは、何も。総理も、覚えはないと」

「稲荷に、監視カメラはなかったのか」

「故障中だそうです」

まあ、そんなものだ。

「原発の方は？」

「残念ながら、手がかりはありません。そもそも、稲荷と違って原発に立ち入るのは至難の業ですから」

それは、希望的観測だろう。テロリストなら、原発こそ狙いたいターゲットだ。

「早見は、現総理をどう思う？　時々勇ましい発言をするイメージがあるが、その程度では、核兵器を使って脅迫なんぞされないだろう。余程の深い恨みがあるのか。あるいは、日本もテロリストの攻撃対象となる日がやってきたのか。そのあたりの分析は、進めているんだろうな」

「しかるべく遂行中ですが……」

「総理の腹の内を一番知っているのは？」

「私の知る限りでは、戸樫官房副長官かと」

「彼とは、面識がある。合気道で何度か、手合わせをしたんだ。なかなか筋の良い人物だった」

「だったら、冴木さんから、お尋ねになって下さいよ」

気を抜くと早見は、すぐに甘えてくる。それでも、テロ対ナンバー2か。

「俺がやれることは、全てやった」

「しかし、何一つ手がかりはありません。そんな状態で、放り出せるんですか」

「悪いな、俺は、民間人だ」

そこで、早見が部下に呼ばれた。

早見は、血相を変えて戻ってきた。

「冴木さん、大至急、東京に戻って戴《いただ》けませんか。『蒼き狼』のリーダー、西園寺良子が、成田で逮捕されたそうです」

＊

春紀は、綾子を乗せた車を、新潟空港に向けて飛ばしている。

これから綾子は、ハワイにある養蜂場《ようほう》に「赴任」する。

蜂谷養蜂場は、世界七カ所に養蜂場を有している。ハワイも、その一つだ。

「浮かない顔だな。ハワイなんて最高じゃないか」

「ちょっと気がかりなことがあってね」

新型コロナウイルスが流行していた時は、東京の感染病棟で働いていた看護師だった綾子は、「過酷さに敗北し、何もかも嫌になって、蜂谷養蜂場に流れ着いた」のだという。

新参者の春紀は、いつも朗らかでリーダーシップのある綾子しか知らない。だが、養蜂場に来た頃は、本当に生きるのが辛《つら》く、すごく「陰キャラ」だったらしい。

「陽子ちゃん、大丈夫かなあ」

合点がいった。総理の一人娘でありながら、人に馴染《なじ》めず、養蜂体験に参加した子だ。

「私をすごく頼りにしてくれてたんで、一人で大丈夫か、心配で」

「大丈夫、オヤジさんがいる」

蜂谷から直接、養蜂の手ほどきを受けたのをきっかけに、二人で話し込んでいるのを見かけるようになった。

「そうね。母一人子一人で育ったから、オヤジさんを父親のように感じているのかな。でも私、黙って出てきたのよ。それが、申し訳なくて」

「ハワイに着いたら、連絡してやれよ。それより、向こうでの仕事は、相当ハードみたいだから、くれぐれも無理をするなよ」

綾子が伸ばしてきた手を、春紀は握りしめた。

誰かと感情的な関係になるのは、苦手な春紀だったが、彼女だけは、別だった。

だから、ハワイに行かせたくない気持ちもある。しかし、春紀も、近いうちに、ハワイに「出張」する予定なのだ。

新潟空港のターミナル前に車を停めると、春紀は綾子を強く抱きしめた。

「すぐに会える」

「ありがとう。待ってる」

春紀から離れる時、綾子が耳元で囁《ささや》いた。

「ねえ、春紀、本当の名前は、何て言うの？」

第四章　ロシアの影

1

本当に、あの、西園寺良子なのだろうか……。

背筋を伸ばして座っている老女を前にして、冴木は何度も自問した。

四十数年振りの「再会」だった。

西園寺は丸の内《まるのうち》のビルを爆破し、死者二十三人、三百四十九人もの重軽傷者を出すテロを起こした過激派組織「反米アジア戦線　蒼き狼」の中心人物だった。そして冴木は尋問対象として、彼女と一週間を過ごしたことがある。


あの時の西園寺は、超然とした態度の誇り高きリーダーだった。

当時、三十代だった冴木は、内閣調査室の工作責任者《ケースオフィサー》として頭角を現した頃だった。

西園寺が、警視庁のベテラン取調官を相手に完全黙秘《カンモク》を貫くので、内閣調査室長が冴木に白羽の矢を立てたのだ。

冴木の任務は、彼らの犯行を指示した「黒幕」の存在を自白させることだった。警察庁の上層部は、彼らを操る黒幕の存在を確信していた。

なぜなら、逮捕された七人の主張が、開発途上国を犠牲にする日本、さらに日本を食い物にするアメリカへの怒りであり、それ以外の政治的思想は、素朴と言えるほど淡泊なものだったからだ。

極左組織と繋《つな》がっている者すら皆無の組織が、大量の黒色火薬を調達し、丸の内で大胆な犯行を実行できるわけがない、という見立てがあった。

尤《もっと》もソ連や北朝鮮の防諜《ぼうちょう》担当だった冴木は、極左テロについては門外漢だった。

しかし、尋問で自白を引き出すことでは右に出る者のいない冴木なら、完黙の過激派の牙城《がじょう》を崩せると期待されたのだ。

だが冴木を前にしても西園寺の態度は変わらなかった。

彼女の経歴は、およそ活動家には似つかわしくない華やかなものだった。そのため、爆破事件の主犯は、彼女の夫だとみられていた。だが、取り調べの結果、夫は完全に妻の良子に操られていたことが判明する。

知れば知るほど、冴木は西園寺という女が分からなくなった。

尋問三日目の午後だった。

冴木は、自らの生い立ちを語っていた。

福井県の漁師町に生まれ育ち、漁師だった父は海で早逝し、気丈な母と武道家だった祖父に育てられたことや、周囲の支援で、地元の福井大学に進み、そこでロシアに興味を持ち、学内のロシア人教員からロシア語を学んだことなどを語った。

そして、そのロシア語講師の口利きでモスクワ大学への留学が決まった時、外務省の官僚と称する人物から、君はＫＧＢにスカウトされたのだと教えられ、それに気づかないフリをして、日本の為に働いて欲しいと持ちかけられた経緯も語った。

「へえ、日本にスパイが、存在するのね」

それが、西園寺良子が発した最初の言葉だった。

彼女の声は、低音でハスキーだった。

「興味がありますか」

「裏切りにね」

いかにも、育ちの良いインテリ過激派が言いそうな台詞《せりふ》だった。

「だって、とても人間的じゃない」

「あなたの夫である西園寺陵介《りょうすけ》は、あなたを裏切り、警察の軍門に降《くだ》りましたね」

「陵介は、生真面目で弱い善良な男よ。彼は命に替えても私を裏切らない」

「つまり、最初からそう白状するのが作戦だったと」

「モスクワで、素性がバレなかったの？」

あっさり話題を変えられたが、そのまま応じた。

「バレバレでしたよ。酷《ひど》い拷問も受け、転向を誓わされました」

「じゃあ、今もソ連のスパイなの？」

「日本のために働いています」

乾いた声で笑われた。


その後は尋問時間が終了するギリギリまで、彼女は黙っていた。

ただ、時々、鼻歌を歌った。

当時流行った、浅川《あさかわ》マキの曲だった。

「今回は失敗したけれど、次は間違いなく吹き飛ばせるように修業するわ」

見事なロシア語だった。

「どこで学んだんですか。そのロシア語」

「どこだっていいでしょ。でも、スパイじゃない」

「じゃあ、戦争と平和を考えるためですか」

「平和が戦争を呼ぶんでしょ。冴木さん、もう尋問は止《や》めましょう。あなたたちが聞きたがっている黒幕なんて、存在しない。『蒼き狼』のリーダーは私、西園寺良子です」

そう言うと、今度は、ロシアの民謡をハミングした。

しばらく、彼女のしたいようにさせた。不意にハミングが止んだ。西園寺が睨《にら》むように冴木を見つめている。その眼は、四十数年経った今も鮮明に覚えている。

「我々の主張は間違っていない。ただ、やり方が稚拙だっただけ」

彼女はロシア語でそう言った。


この老女が、本当にあの西園寺良子と同一人物なのか。

結局、彼女は、パキスタンの首都、イスラマバードで起きた連合赤革軍によるハイジャック事件によって超法規的措置で釈放された。以来、四十年以上、行方不明だった。

十五年前に、日本政府に対する、「惰眠を貪《むさぼ》る日本国民が、覚醒《かくせい》するための作戦行動を開始する」という本人の声明が、イスラム系のメディアを通じて発表されたのを最後に、消息が掴《つか》めずにいた。そのため、既に海外のどこかで死亡しているのではないかとも考えられていた。

それが突然、何の前触れもなく帰国した。

期限切れのパスポートを持ち、かつテロリストとして国際手配されていた西園寺は、今まで一体、どこにいたのか。

多くの国で、出国の際に顔写真の撮影が義務づけられたことで、イミグレーションを通過した国は、判明した。

ヘルシンキ空港、フィンランドだ。

パスポートに登録されていた名は、ナオミ・ライコネン。ヘルシンキ在住。だが、警察庁がＩＣＰＯを通じて、問い合わせたところ、そんな人物は、ヘルシンキに存在しないという回答があった。

不可思議なのは、日本に入国する際に彼女が、堂々と西園寺良子のパスポートを提示していることだ。

つまり、わざと逮捕されたのだ。

本人は認めていないが、事実上の「自首」だった。

「わざと捕まった理由を、教えてもらえますか」

西園寺は背筋を伸ばして黙ったきりで、三時間ほど経つ。

「西園寺さん、私のことをお忘れですか」

女が、嫌みたらしくため息をついた。

「覚えているわよ。冴木さん。すっかりお爺《じい》ちゃんになったわね」

ない。

2

「その調子で、ガンガン防衛省のネタ元を攻めてくれよ」

電話を終えた薫田岳《がく》は、天井に向けてパイプの煙を吐き出した。

虎ノ門《とらのもん》にあるＪＢＣ社会部遊軍別室は、スクープ記者のたまり場で、室内禁煙など誰も守らない。

薫田はずっと苛々《いらいら》していた。

気に入らない。何もかも気に入らない。

昨日の新潟原発といい、大物テロリストの出頭といい、あまりにも唐突すぎた。

未《いま》だに新潟県警は、原発近接地での発見物の正体を発表していない。だから、地元では避難騒ぎが収まらない。

どちらも大ネタなのに、まともな情報が何一つ摑めない。ＪＢＣは、福岡真希の頑張りで、今のところ独走しているが、このままではいずれ地元紙に抜かれるだろう。

報道にかけては日本一を自負するＪＢＣは、特定のジャンルについて専門家並の知見を持つ異色の記者を「飼っている」特異な局だ。

薫田もその一人で、彼の専門は、戦争とテロリズムだった。

日本では、いずれも起きる確率が低いため、薫田がウオッチするのは海外ばかりだ。大半は、パキスタンからアフリカ大陸までの「ヤバい国エリア」だ。

コンゴ、スーダン、シリアなど紛争地帯にも取材に行った。イラク戦争でもロシアによるクリミア併合でも、短期間ではあるが、現地からリポートをした。

二一世紀に入ってから、日本の大手メディアは、戦場や紛争地域に局の記者を行かせない。戦争の悲惨さを伝えるより、記者の命を守ることにウエイトを置いているからだ。

ベトナム戦争の時代なら、従軍記者に憧《あこが》れて記者を目指した学生もいたが、もはやそれは過去の話だ。局も局員も、危険地域には足を踏み入れないのが「常識」なのだ。

そんな中、薫田は局の方針を無視し（局も、知らないフリをして）、最前線の現場取材を続けてきた。だが年齢的な事情に加え、現場取材で問題行為を繰り返したこともあり、遂《つい》に海外渡航禁止命令が発令されてしまう。

そして、今やひがな一日、この別室で無為な時間を過ごしている。

そんな時に、新潟で妙な事件が起きて、薫田は俄然《がぜん》張り切った。

だが、日本にもテロの時代が到来したかも知れないということを予感させる出来事なのに、裏付けに乏しく、打開策も見えてこない。

新潟はともかく、警察庁には行ってみるか。

「キャップ、本局の資料室で、ちょっと面白いものを見つけました」

別室駐在で一番若手の向井《むかい》が、古びたスクラップブックを持ってきた。

開かれたページには、新潟原発に迫撃弾を発射しようとして未遂に終わった一九七七年の事件の記事があった。

「迫撃弾ってなんすか」

「鉄パイプを砲身にして、そこに火薬と弾を詰め発射する簡易兵器だ。言ってみれば、自家製のバズーカみたいなもんだ。七〇年代、八〇年代の過激派がよく使ってたんだけどな……そうか、新潟原発には、そんな過去があったのか」

記事には、原発を見下ろせる高台から四連発の迫撃弾を時限装置で発射しようと試みたが果たせなかったとある。

迫撃弾を仕掛けた組織の特定はできなかったようだ。

「今から五十年近く前の事件ですが。いずれにしても、これ以降は、こんな物騒な事件はありません」

「記事は、これだけか」

「あと数紙ありますけど、どれも似たような記事です」

「越後《えちご》日報は？」

「ありませんねえ。地元紙なのに」

福岡に電話してみたが、いくら呼び出しても出ない。

諦《あきら》めたところで、オンラインニュースの新着アラートが鳴った。

GJN（GLOBAL JUSTICE NEWS）のサイトだ。

新潟原発近接地で発見されたのは
旧ソ連開発の携行式核兵器の一部か

3

「新潟原発では、何らかの威嚇行為があったものだけで、過去に五十六回の脅迫事件がありました」

早見が、警察庁の報告書を読み上げ、資料を配った。

「この中で、最も過激だったのが、一九七七年十月に起きた迫撃弾発射未遂事件です」

部屋の大画面モニターに、事件概要が表示され、鉄パイプを用いた発射装置と、弾の写真が映し出された。

「七〇年代から八〇年代にかけて、日本では、鉄パイプによる迫撃弾発射が何度も繰り返されたとあります」

「早見、新潟原発付近で発見された迫撃弾は、榴弾《りゅうだん》だったんじゃなかったか」

炸薬《さくやく》が仕込まれた弾のことだ。

「鉄パイプによる迫撃弾の弾は、金属の塊の場合が多いんだが、この時は榴弾がこめられていた。八六年の東京サミットの時には、三・五キロ飛翔したと言われているから、原子炉建屋は射程内だったのに、なぜ撃たなかったんだろうな」

テロが成功していたら、当分の間、原発は停止せざるを得なかった。

何の根拠もなかったが、昨日、西園寺に会った時、〝レベジの核〟について、話を向けてみた。

鞄《かばん》が発見された日に、西園寺が〝自首〟してきたのは、何か意味があるはずだ。

「こんなものが、新潟原発のすぐそばで、発見されたんですよ。これ、何だか分かりますよね」

西園寺は、現場写真を一瞥《いちべつ》はしたが、何も言わなかった。

「長年、テロリストたちと行動を同じくし、世界中を飛び回ってきたあなたなら、現物をみたこともあるでしょう」

西園寺は唇の端に薄笑いを浮かべるばかりで、冴木とは目も合わせない。

「私は、偶然というのを信じないたちなんですよ。この鞄が置かれた日に、あなたは成田空港で、わざと捕まった。この二つは繋がっているのではないだろうか、と勘ぐってしまうんですよ」

4

福岡は、呆然《ぼうぜん》としてGJNのスクープを読んでいた。

なんで、ネットニュースごときに、よりによってこんな重大なネタを「抜かれ」なきゃならないんだ！

独立系のニュースサイトとして、GJNが立ち上がったのは、三ヶ月前だ。京大名誉教授で、ノーベル医学賞の受賞者でもある宝田による「宝田基金」の支援を受けたスタートアップ第一号案件だった。

GJNのモットーは「徹底した調査報道によって権力を監視し、不正を暴く」ことにある。日本のメディアも調査報道を推進したが、良い成果はなかなか出ない。

調査報道には膨大な時間が必要で、その大半は徒労に終わる。その結果、莫大《ばくだい》な経費が必要になる。その額におののいた各メディアは、今ではどこもその旗を降ろしていた。

ところが、GJNの執筆陣は、フリーランスのジャーナリストばかりなのに、既存メディアがまったく察知していなかったスクープを、月に一、二本は飛ばしている。

そんな離れ業をコンスタントに続けるGJNが、不思議で仕方なかった。

しかも、福岡自身が追いかけているネタで、こんな大スクープをやられてしまったのだから、なんとしてでも、彼らの手法を知りたかった。

「県警は、GJNのスクープについては、何も発表しないそうです！」

県警記者クラブの詰め所《ボックス》に入ってきたサブキャップが叫んだ。

「杉森《すぎもり》は、それで引き下がったわけ？」

「各社で突き上げていますけどね。どうやら東京から命令されているみたいで、発表は厳しそうです」

「つまり、警察庁で発表するということ？」

「そこまでは言ってません。あの記事については、東京が判断するという言い方をしています。だから、無視するのかも」

無視したところで、GJNの記事が事実なら、県は非難されるのに。

そこへ、薫田から電話が入った。

〝もうGJNの記事は読んだよね〞

「痛恨です」

〝いずれにしても、あの記事は、当たりだと思う。新潟から東京に逃げ帰った総理の対応、首都電の狼狽《ろうばい》などを考えると、答えはそれしかないからね。

だとすれば、その核兵器の一部とは何か、それは、どれぐらい危険なのかも知りたい〞

福岡は、新潟県警の対応を伝えた。

〝警察庁からは、今のところ何の連絡もないよ。てことは、ばっくれる気かあ。じゃあ、現場でネタ取るしかないな〞

「第一発見者は分かったのですが、サッが隠してしまいました」
〃一番詳しく知っているのは、新見のおっちゃんだろうけど、あの人は口が堅いからなあ〃
「お知り合いですか」
〃昔、拉致《らち》被害者の一人を、北朝鮮の大物スパイと放送したのを恨まれている〃
通話終了後、GJNの会社概要ページにアクセスした。
そこには、〃徹底した調査報道によって権力を監視し、不正を暴く〃という例の一文が浮かんでいる。

情報には、常に発信者の意図があります。その意図を見据えなければ、読者は発信者に誘導され、誤った理解や思い込みをしてしまいます。

ポスト・トゥルースの時代、フェイクニュースを見抜く前に、既存の報道のあり方から考え直す時が来ています。

そう強く感じたのは、私が生まれた香港《ホンコン》で、情報の錯綜《さくそう》と混乱が人々を錯乱に導いたからです。

常に情報源を明確にし、可能な限りの客観報道に努める。それと同時に、権力者が隠そうとする不正や欺瞞《ぎまん》を白日の下にさらす新しいジャーナリズムを追求するべく、GLOBAL JUSTICE NEWSを立ち上げました。


文末に主筆を務める創業者ケリー安齋《あんざい》の顔写真があった。加工されているのかもしれないが、かなりのイケメンだ。

ケリー安齋、一九九二年、香港生まれ。金融マンの英国人と、香港人の映画女優との間に生まれる。母親は三歳の時に自殺し、ほどなく父親も自殺している。孤児になったケリーは香港のスラム街で生き抜いて、二十歳の時にネットメディアを立ち上げる。

香港の民主化運動である「雨傘《あまがさ》革命」では、活動のスポークスマンとして活躍するも、途中で離脱し、宝田名誉教授が立ち上げた基金の第一号案件として、日本でGJNを設立した。

これじゃあモヤモヤは解消どころか、さらに酷くなるばかりじゃないか。

以前、GJNを褒めていた同期の藤岡恵介《ふじおかけいすけ》に電話をして、ケリー安齋について尋ねた。

〝新潟原発の記事か。あれは本当なのか〟

「地元県警は黙《だん》まりだけど、私は当たりと見ている。で、藤岡君はケリー安齋に会ったことあるんでしょ。GJNは、なんであんな特ダネが書けるの?」

〝彼の凄《すご》さは、人脈だろうねえ。日本に拠点を移して以来、人脈づくりに精を出したと言っていた〟

警察・検察関係者は現役はもちろん、OBにまで会ったらしい。また、政治家や官僚は、地方行政の幹部とも会っていたという。

〝それに加えて、ジャーナリズム界の大物に取り入るのも上手《うま》い。GJNの執筆者陣に大物がずらりと名を連ねているのも、人脈開拓の成果じゃないかな〟

記者の基本は、人にある――。資料ではなく人に会い、話を聞く。それが人脈となり「ネタ元」になっていくのだ。

そんなことは誰でも知っている。だが、日常業務に追われて、実際に人脈を広げる活動をしている記者は少ない。福岡も努力はしているが、顔見知りはいても、情報源という関係に至るほどの相手は僅《わず》かだった。

〝俺たちオールドメディアって、地元に張り付いてるって自負してる割に、いざ事件が起きた時に凄いネタを摑む力量は、ニューメディアに完敗してるだろ。あれはやっぱり人脈力の差だし、それを培うための経費を惜しみなく投入してるからだよ〟

結局は資金力か……。否定したいところだが、その通りだった。

〝ちなみに、ケリー安齋のことをもっと知りたければ、薫田さんに聞くんだな。あの人は、かなり親しいらしいぜ〟

5

帰ろうとする冴木を、早見が待っていた。

「お見送りは、不要だ。ウチの外村《そとむら》が迎えに来る」

「外村さんには、地下駐車場で待ってもらっていますが、まだ、お役御免というわけには参りません」

「それを決めるのは、おまえじゃないぞ」

「決められたのは、総理です」

大きなため息を堪《こら》えきれなかった。

「総理が、俺に何の用だ」

「それは、しかるべき場所で、しかるべき方からお聞き下さい」

こういう持って回った言い方をされるのが、一番気に障る。無論、早見はそれを承知で言っているのだ。

内閣府で待っていたのは、戸樫護官房副長官だった。

「先生、ご無沙汰《ぶさた》しております。このたびは、緊急事態に際して、迅速かつ的確な対応を戴《いただ》き」

武道家らしく礼を尽くそうとする戸樫の話を、冴木は止めた。

「官房副長官、御礼の言葉は、結構です。お話を伺えますか」

「柏崎市で見つかった〝レベジの核〟の対処について、総理が冴木先生に、全権を委任し、収束を図って戴きたいと申しております」

「何を収束するんですか？」

「核爆弾本体の発見、そして、実行犯の逮捕――です」

「それなら、残念ながらお役には立てませんな」

「警察の職務だとは重々承知しています。しかし、たとえ大がかりなローラー作戦を展開しても、成果は上がらないのではないでしょうか」

だとしても、爆弾を探したり、仕掛けた犯人を捜査するのは、冴木の専門外だった。

「〝レベジの核〟という極めて特殊な核兵器を、国内に持ち込むことは至難の業だと考えています。プロのテロリストか、諜報《ちょうほう》機関に依《よ》るものではありませんか」

「私の専門は、諜報活動だけです。極秘情報を入手したり、高級官僚や政治家を勧誘し、自国の目的に適《かな》うようにコントロールする。あるいは、そういうケースオフィサーやエージェント、アセットを探し出すのが、私の職務でした。

今回は、そのいずれにも当てはまらないでしょう」

戸樫は、暫《しば》し沈黙した。

「先生、では、正直に申し上げます。我が国の首脳陣は、皆、危機意識が希薄すぎます。この事件で、日本は初めて核テロの脅威に晒《さら》されると想像できる者は、皆無です。

だから、国家の危機とは何かがお分かりの方に、捜査の指揮を託したいんです。

これは、日本国民の切なるお願いだと捉《とら》えて、お引き受け戴けませんか」

「つまり、総理に代わって警察やインテリジェンス機関の連中を叱り飛ばせと?」

「その通りです」

あっさり返されて、冴木は笑ってしまった。

「つまり、私に嫌われ者を務めよということですな。公調、内調はもとより、警察庁にも指示できる権限をいただけますか」

「必ず。官邸や官僚との連携は、私が責任をもって担当いたします」

「それは、心強い。では、現段階で、各機関が得た情報を伺えますか」

「はい。……ほぼ、何もございません」

今後のことについて、冴木は戸樫にアドバイスした。

6

〝高畠よ、約束を忘れたか。反故《ほご》にするなら誰かが死ぬ。

ロスト7〟

今朝、第二の脅迫メールが、首相官邸に届いたという。こんなことは、冴木にも初めての経験だった。

そもそも、日本の首相がテロリストに脅迫されるという事案は、ありえない事態だ。両者を簡単に結びつける糸などまったく現実的でないからだ。だがこの相手は、高畠総理と繋がりがあるようだ。

冴木が考えこんでいると、戸樫の秘書、青波《あおなみ》に声をかけられた。

これから、総理とのオンラインミーティングが始まる。大画面モニターに高畠千陽総理が映っていた。

「総理、早速ですが、脅迫状についてお心当たりはございますか」

〝まったく。そもそも「ロスト7」という名称すら初耳ですから〟

「相手側は、あなたをよくご存じのようです。あなたに約束を果たせと言っている」

〝困惑しております〟

「もしかすると、政治家になる前に交わした約束かも知れません。ご記憶はありませんか」

〝ありません〟

若気の至りでバカな約束をすることがある。まるで夢物語みたいな約束が、年月を経て互いの立場が変われば、にわかに現実味を帯びてくることもある。

「酒の席での戯《ざ》れ言などは、如何《いかが》でしょうか」

一国のリーダーに尋ねる話ではないが、手がかりを掴むまでは、どんなささいなことも見逃してはならない。

〝国政を担う身になってからは酔い潰《つぶ》れることはなくなりました。なので〟

「かつては、酔い潰れていたという意味ですな」

画面の向こうで総理が顔を歪《ゆが》めている。

〝そうですね、アメリカで下院議員のスタッフとして働いていた時も、ストレス解消のために深酒していました。でも、当時の飲み仲間は、皆、アメリカ人ですよ〟

「日本語が達者なアメリカ人もいますし、アメリカ人と組んでいる日本人テロリストがいても驚きませんが」

〝そんな……。そもそも日本を狙うテロリストなんて存在するんでしょうか〟

「誰でもテロリストになる可能性はございます」

〝分かりました。協力は惜しみませんので、解決して下さい〟

「大変僭越《せんえつ》ながら、脅迫状については、当方で解析をしたいのですが、よろしいですか」

内閣情報調査室では昨日から必死で解析を行っているが、手も足も出ないと聞いている。

〝面目ない話ですが、お願いします〟

総理が神妙に頭を下げた。

7

冴木から入った電話で、新見はその日の予定を変更した。

県警本部に到着すると、資料課に行って四十八年前の捜査ファイルを探し出した。一九七七年に発生した迫撃弾発射未遂事件について詳細情報が欲しいというのが、冴木の用件だった。

事件当時、新見は十四歳でそんな事件があったことすら記憶にない。公安畑に配属されてから、「県内公安事件史」として、概要を学んだ程度だ。

かなり精巧な迫撃弾と発射装置を設置したにもかかわらず実行せず、しかもそれらを放置した犯人の行動に違和感を抱いた記憶がある。

ＩＴ化の波が、警察組織にも押し寄せているとはいえ、古い資料は、いまだに紙を束ねたファイルしかない。目当ての資料は十ページ程度で、あまりに少なかった。

当時、新潟県警は、捜査に関して蚊帳《かや》の外に追いやられていた。それで、まともな記録など残せなかったのだ。

北朝鮮工作員による邦人拉致やスパイの潜入などの捜査で手一杯だった。

代わりに捜査を担当した警視庁公安部の報告書にも「被疑者は不明」と記されているだけで、彼らが聴取した人物のリストも、疑惑の目を向けた組織名も、何もなかった。

新潟県警内の現役に事件を知る人はいないだろう。最初に捜査を担当した先輩刑事は、鬼籍に入っている。

当時、警備部に所属していたＯＢに尋ねるか。いや、独自捜査を行っていないのであれば、尋ねるだけ無駄か……。新見は次の手を思案した。

可能性は、一つしかない。気は進まないが、当時の捜査に関わった警視庁ＯＢに協力を仰ぐ方法だ。

新見は、公安部の捜査員の名前を探した。そこに幸運があった。

門前辰彦《もんぜんたつひこ》――面識があった。彼なら、協力してくれるかも知れない。

8

国会議事堂の正門前には、広大な庭園が広がっている。国会前庭だ。

正門前からまっすぐに延びる並木道を挟んで、前庭は南北に分かれている。憲政記念館などがある北庭は洋式庭園で、南庭は回遊式の日本庭園だ。

冴木は南庭を歩いている。

かつては福岡藩黒田《くろだ》家の上屋敷の一部だった南庭は、明治期の有栖川宮《ありすがわのみや》邸、霞ヶ関《かすみがせき》離宮を経て、第二次大戦の空襲で焼失、戦後、国会前庭として整備された。

新緑を求める見学客に交じって遊歩道を歩く冴木は、ベンチで読書をしている老人の隣に腰を下ろした。

「今日は、蒸すなあ」

ハンカチで首筋を拭《ぬぐ》いながら冴木は言った。

「木陰はヒンヤリするから、すぐに汗は引くさ」

洒落《しゃれ》た老眼鏡をかけた老人は、本から顔を上げずに答えた。最近、アメリカで刊行されて話題となった本で、ロシアが東欧に武力侵攻した紛争の背後に、米大統領の陰謀が存在したと暴露していた。

「そいつの出来は、どうですか」

「『大統領の陰謀《All the President's Men》』級によく調べてるよ」

「元名物政治記者としては血が騒ぐかね？」

「まさか。私はしがない提灯記者《ちょうちん》だからね」

ようやく老人は、冴木の方に顔を向けた。

暁光《ぎょうこう》新聞という日本を代表する全国紙で、長年政治記者を務めた殿村隆史《とのむらたかし》は、ライバル記者と左翼から「提灯記者」と呼ばれ蔑《さげす》まれた。殿村が与党の最大派閥である「篤敬会《とくけいかい》」に深く入り込み、何人もの首相のブレーンとして政権をサポートしたからだ。

だがそれも過去の話で、今では、荻窪《おぎくぼ》で隠居生活を愉《たの》しんでいる。

「あんたと、こんな密会をするのは実に久しぶりだね」

「十年ぶりぐらいかな？」

二人のつきあいは、既に二十五年以上に及ぶ。

山一證券《やまいちしょうけん》の経営破綻《はたん》に端を発した金融危機が日本を襲った時、アメリカの政府及び金融界による陰謀ではないかと、政治家の間で囁《ささや》かれた。その調査チームの事務方を、殿村が担った。それに冴木も巻き込まれたのが、二人の出会いとなった。

ワシントン総局長などを歴任した殿村は、日米関係について、独特の視点を持っていた。曰《いわ》く――日本はアメリカに隷属しているという者がいる。だが、この関係を上手に利用すれば、日本にとって大きな利点にもなる。

アメリカが押しつけたという「平和憲法」のお陰で、我々は「アメリカの戦争」に巻き込まれずに済んできた。米軍基地は面倒だが、他国から攻められる心配はない。

ならば、この状況をうまく利用しながら、日本は大いに繁栄すればよいのだ。

だが、自国経済の先行きが不安なアメリカは、それを良しとしなかった。そして彼らが仕掛けてきたのがバブル崩壊だった――という論を「篤敬会」で、殿村は説いて回った。

日本を遠隔操作し、自国に都合の良いように誘導するアメリカに、冴木はほとほと嫌気がさしていた。それだけに殿村の発想に強く共感した。

やがて殿村は、冴木が引退後始めたインテリジェンス・コミュニティ設立を支援するようになった。

その隠れ蓑《みの》として、殿村は荻窪に隠居した、ことになっている。

「実は高畠千陽の身体検査を頼まれてな」

殿村は本を脇に置くと、デイパックから水筒を取りだし、二つの紙コップに紅茶を注いだ。

「少し冷めてしまっているが英国王室御用達のアールグレイだ」

「ありがたく戴くよ」

「高畠千陽は、幹事長を務めた父、陽一の庇護《ひご》を受け、キャリアを積み上げてきた。女性議員が少ない『篤敬会』の中で、早くから首相候補と目されたのも、父親のお陰だろうな」

首相候補の一人だった高畠陽一は親米派の論客で、ホワイトハウスや国防総省《ペンタゴン》にも多くの「友人」がいた。

だが、当時「篤敬会」には、石動慎一郎《いするぎしんいちろう》がおり、結局彼が、派閥の公認を受けずに総裁選に出馬したことで、高畠自身は総裁選に挑む機会を逸してしまう。その後、石動は総裁選に勝利し、六年もの長期政権を続けた。その間に、高畠は体調を崩して、選挙区を娘、千陽に譲り、自身は参議院議員に転じたのだ。

「一寸先は闇と言われる永田町で、総理に上り詰めるには、突出した力《パワー》を持たなければ潰されてしまう。高畠家の場合は家柄と財力だな。陽一が、参議院議員を二期務めたのは、娘が着実にキャリアを積むのを見守るためだった」

つまり、父親が永田町の闇の露払いをしたわけだ。

「高畠陽一は一族の中では変わり種で、京大医学部生の時には、大阪の西成区《にしなり》などで貧困に喘《あえ》ぐ社会的弱者に向けた医療支援団体を立ち上げている。やがて彼は、医師国家試験を受けることなく突如アメリカに留学した。本人曰く、自分が治したいのは、人ではなく社会だと気づいた、政治の本場で修業を積んでくるということだった。その後、プリンストン大学で政治学を学び、名門政治シンクタンク、ブルッキングス研究所のフェローを三年経験した後、帰国した」

帰国後は、妻の実家のある新潟市で、政策シンクタンクを立ち上げ、二年後に衆院議員となり、政界に身を投じた――。

「経歴を見る限り、バリバリの親米だな。というより、どう考えてもアメリカの犬だろ。だが、〝C〟にスカウトされたという情報はない」

「高畠のようなハイレベルのエリートが繋がっているのは、CIAのようなケチな諜報機関じゃない。それよりもジャパンロビーと繋がっていたという噂はある」

太平洋戦争後、GHQは、従来の国家制度や財閥を解体し、理想的な民主国家を構築する大胆な政策を次々と実行した。ところが、日本を反共の砦《とりで》としたい一部の米国政財界人によって、対日政策を大転換する施策が行われた。保守派政治家の復権や、解体したはずの財閥の再編成などで、それを主導したグループをジャパンロビーと呼んだのだ。

その後、アメリカによる対日干渉は現在に至るまで続き、多くの政財界人が、アメリカに忠誠を尽くしている――。

「そういう経歴なら、総理大臣になって当然のように思えるんだが」

「だが、高畠はアメリカに絶対服従していたわけではなかった。彼が提唱したアジア共同体構想を知っているか」

ＥＵのような共同体を結成しようと、中印韓と熱心に交渉を重ね、実現間近という矢先にアメリカから横槍《よこやり》が入り頓挫《とんざ》した。

「アメリカとしては、中印と日本が組むことに強い警戒心があった。そのため、何度も高畠を説得したのだが、普段は従順な高畠がこのプロジェクトだけは曲げなかった。それをチャンスと見た石動がアメリカに急接近し、見事総理の座を射止めてしまった」

「高畠が政界を引退したのは、四年前だったな。今は何をしているんだ？」

「新潟でハッピーリタイアらしいぞ。きれいさっぱり政治から足を洗ったようだ。一人娘の千陽が、頭角を現した」

紅茶を飲み干した殿村は、葉巻をくわえた。これも、昔からの彼の嗜《たしな》みだった。

「あの子のことは、小学生の頃から知っているよ。才気煥発《かんぱつ》を絵に描いたような娘だった。父親や彼の配下と政治談義をしても論破するほど、言葉も達者だった。これは将来有望ですねと褒めると、高畠は、本当に嬉《うれ》しそうだった。言ってみれば、千陽ちゃんは、自らが果たせなかった夢を手に入れるための最終兵器みたいなもんだね」

千陽は、プリンストン留学時代に中東の王子と恋に落ちたが、相手には既に祖国に妻がいた。彼らの国の常識からすれば、妻は何人でも娶《めと》れる。しかし、それは日本では通用しない。

王子の側は大乗り気だったが、父が別れさせた。

「その王子は？」

「死んだよ。交通事故だ。まあ、キャリアにおける傷と言えばその程度だな。千陽は政治家としては珍しいぐらい表裏がない。だから、つけ込む隙はないよ」

「欠点は？」

「敢《あ》えて言うなら、勝ち気すぎること、柔軟性に乏しいこと、あとは、自分は愚か者ではないと信じていることかな」

「自己肯定の塊か。総理の資質として、かなりの欠点じゃないのか」

「しかし、帝王としては、最強の性格かもしれん」

「やけに好意的だな」

「娘のようなもんだからね。今でも、時々会いに来てくれる」

暫《しばら》く二人は黙って歩いた。人通りの少ない小径《こみち》を選び、またベンチに腰を下ろした。

ぬるい思い出話ばかりで、何の収穫も得られなかった。冴木は腹を割る覚悟をした。

「官邸に脅迫状が届いた。総理に対して、約束を果たせという意味深な脅迫が記されているんだ。心当たりはあるか」

答えはない。

「何か、あるんだな？」

「いや、何もないよ。とんでもない話に、愕然《がくぜん》としているだけだ。犯人の目星はついてるのか？」

「皆目分からない。犯人は、自らを『ロスト7』と名乗っている」

殿村は、何度も「ロスト7」と呟《つぶや》いている。

「知っているのか」

「知らない、聞いたこともない」

冴木は思わず、殿村の腕を摑んだ。

「殿さん、緊急事態なんだ。連中は、核兵器を持っている可能性が高い。些細《ささい》なことでもいい、教えてくれ」

「大変なことが起きているのは分かっているさ。だが、知らないものは、どうしようもない」

9

午前五時半――、陽子は目覚めると、ジョギングに出た。

蜂谷養蜂《ようほう》場に来てから、毎日の生活が一変した。

それまでは、起床はいつも正午過ぎで、それからネットサーフィンか、読書に明け暮れる。気が向いたら、若い頃にインドでヨガ修行したという家政婦の季枝《ときえ》にヨガを教わるくらい。あとは堂々たる引き込もり人生だった。

それが、今では正反対の超健康的な暮らしだ。日中は、ハチの世話や畑仕事で動き回り、毎晩、十時には倒れ込むように就寝し、五時には目覚める習慣がついた。

せっかくだから、もっと体にいいことがしたくて、ジョギングを始めることにした。

今朝は風があって、葉のこすれる音と、鳥のさえずりが聞こえる。東京のど真ん中で育った陽子には、全てが新鮮で、そのかすかな音を拾うことすら、楽しみになっていた。

国会議員でありながら、女手一つで娘を育てたことをアピールする母に付き合わされるのに、うんざりしていた。

求められるのは、母の愛情に応《こた》え、良家の娘が通う女子校で青春を満喫しているという「設定」をこなすこと。いったい誰のために生きているのかが分からなくなって、遂に不登校になった。

それを知って母は、新潟の実家に「強制疎開」させた。

祖父は優しかったが、孤独感はさらに募った。そんな陽子に、養蜂を学んでみないかと勧めたのは、季枝だった。

幼少期から彼女は、陽子が母の実家に帰るたびに世話をしてくれる。小さい頃から知っている季枝には、素直になれた。だから、勧められるままに山麓《さんろく》にある養蜂場に来てみたが、ここは陽子にとても合っていた。

ミツバチに社会性があることを初めて知った。ハチが生きる目的は、コロニーの存続、ただその一点だ。女王蜂を中心に、子孫繁栄のために、ひたすら各々の役割を果たす。

種の保存のために迷いなく「働き」続ける姿は、自分らしく生きられないと嘆く陽子には、衝撃だった。「自分らしさ」なんていらない。生物が「生きる」ということの意味を教えられたように思う。生きるとは即ち、次世代への継承なのだ。それができれば、どんな人間にだって生きる価値がある。

両親や自身の履歴を気にせず、ただ共にハチを育て、田畑を耕したり、時に時事問題を熱く議論して一日が暮れていく。

このまま、ここで暮らしたいとまで思い始めていた。

ぐるっと一周して養蜂場まで戻ってきた。

ゲートを潜《くぐ》って、中庭で休憩した。

実家の庭は、週に一度はスタッフが交替で手入れをするので、常に整然としている。

ここの中庭は雑草だらけでまるで山の中の平地だが、座ったり寝そべったりする時の感触は、はるかに素晴らしい。

視線の先で、七十歳を超えた筋肉質な男性が、太極拳《たいきょくけん》をしていた。

自分が、ずっとここで暮らしたいと思っている一つの理由は、あの方——蜂谷幸雄の存在だ。

世界中を旅し、養蜂と武道修行を続けたという蜂谷は、老若男女に分け隔てなく接する。

何より蜂谷の話は面白い。山のことや虫のこと、あるいは彼が旅して回った世界中のこと、どれも陽子を夢中にさせて、いつまでも聞いていたくなる。

祖父や母の周りにいる「計算高い大人」たちとは、まったく異なる蜂谷を見ていると、自分もあんな風に生きたいと思う。

「おはよう、陽子さん」

太極拳を終えた蜂谷が、近づいてきた。

「走ってきたの？　ジョギング、よく続いているね」

「はい、おかげさまで。毎日、生きている気分を味わっています」

「素晴らしいね。しっかりその気分を味わってください」

「場長は、やりたいことが見つかったら、それにこだわって、どんどん挑戦しなさい、とおっしゃいます。でも、私、やりたいことが見つからないんです」

「では、何をやっている時が、一番楽しいかな？」

「ハチの世話です。ハチのことを、もっと知りたいと思います」

「君が以前書いたリポートには、人間よりハチの方がはるかに子孫のことを考えているのに感動しながら、落ち込んでいるとあったね」

まさか、自分の拙《つたな》いリポートを蜂谷自身が読んでいるとは思っていなかった。

「はい、その思いは日々募ります」

「じゃあ、それについて自問自答してみてはどうだろう。君が慕っている綾子さんも、ハチの研究者になる前は看護師だったんだ。何もかも嫌になってここに転がり込んできたんだ。そこから、コツコツとハチについて学び、研究者として認められるようになったんだ」

「それは綾子先生だからできることなんです」

不意に左肩に、蜂谷の手が伸びた。

「何をやりもしないで、諦《あきら》めてはダメだな。まず、やってみなければ。失敗しても、それが楽しければ、続けてみる」

蜂谷と目が合った。

本当にできるのだろうか。私にも。

10

枯れ草が刈り込まれたゲレンデの麓《ふもと》に、高さ一メートル余のポールが立ち、星条旗が山頂からの吹き下ろしの風にはためいている。冬場は、スキー客で賑《にぎ》わう新潟県湯沢《ゆざわ》町の苗場《なえば》スキー場だが、シーズンオフの今は、人影もない。

新見は双眼鏡越しに、黄色の蛍光ペンキで、星条旗にハザードシンボルが描かれているのを確認した。隣に立つ爆発物処理班の班長が、状況説明を行った。

「爆発物処理ロボットによる計測では、ポール周辺では、一・七ミリシーベルトありました」

青田稲荷神社より高い数値だ。

「ポールに放射性物質を塗っているのか」

「そこは不明ですが、根本に近いほど高くなります。地中に何か埋められているのかも知れません」

そこで、ポールの周囲に櫓《やぐら》を組み、処理ロボットが掘削のための準備をしているのだという。

「〝レベジの核〟の本体が、埋められているのであれば、線量は、三ミリシーベルトを超えるそうなので、本体はないかもしれません」

「あそこには爆弾は、埋まっていないと？」

「こんなところで、爆破させても意味ないですし」

確かに、オフシーズンのゲレンデで爆破させても、効果はない、かも知れない。

だが、デモンストレーションとして爆破するには、恰好《かっこう》の場所じゃないか。

東京出張中の外事課長向坂孝輔に電話をして、対応の判断を仰いだ。

〝私では、判断できません。冴木さんに、お尋ね下さい〟

「彼は、民間人では？」

〝昨日、総理から正式に、「レベジの核」の対策特別チーム長に任命されたそうなので〟

それは賢明な選択ではある。

冴木を呼び出すと、ワンコールで出た。

〝先程、新潟県警から送られてきた画像と映像を拝見しました。陸自の朝霞《あさか》駐屯地から処理隊を向かわせています。また、県警本部長には、半径十キロからの住民避難を要請しました〟

さすが、冴木は仕事が早い。

「冴木さん、これも『ロスト7』の仕業なんでしょうか」

〝おそらく……。この犯行を予告するようなメッセージが、官邸のウェブサイトに届いています〟

だとすれば、犯人グループは、三国街道を南下して東京に迫っているということなのだろうか。

〝新見さんは、引き続き現場に残って、状況報告をお願いします〟

望むところだ。

*

八時間以上をかけて、慎重にポール周辺を探索した結果、金属製の円筒が発見された。それが放射能の出処らしく、線量計は、二ミリシーベルトに達した。

自衛隊による現場検証によれば、円筒は鉛製で、青田稲荷神社の鞄にちょうど収納できる形状だという。

円筒の厳重な防護を行って、核分裂を起こさないように、水を張ったケースに円筒を入れ、検査したところ、中は空洞であることが、確認された。

第五章　蒼き狼

1

苗場スキー場で発見された〝レベジの核〟への対応に、夜を徹した戸樫は、パソコンの前で眠ってしまったらしい。

物音で目を覚ますと、ドアの側に冴木が立っている。

「あっ！　冴木さん、失礼しました。不覚にも寝落ちしてしまいました」

「相当にお疲れのはずです。我々も引き上げるので、官房副長官も、ご自宅に戻ってお休みください」

「何か、進展は？」

「現場はオフシーズンで、監視カメラは、停止中。目撃者もなし。ゲレンデの入口に新しい車のタイヤ痕《こん》は、発見されましたが、そこから辿《たど》るのも難しいでしょうね。

しかし、『ロスト7』は、本気だと分かりました。おそらくは、素人集団ではないでしょう。新潟原発と苗場スキー場との関連性にヒントはないのかを、探ります」

「東京に向かっているという意思表示なのでしょうか」

「なんとも言えません。科警研や自衛隊の検証を待たなければなりませんが、発見された鉛の円筒は空洞で、そこに、核物質が入っていた可能性があります。しかし、連中は、元々中身のない〝レベジの核〟の抜け殻だけを保有して、脅しているのかも知れません」

冴木は、そうは思っていないように見える。

「そんな状態の核物質を保有しているなら、かなりの設備を有していることになります」

「だとすると、敵は、強力なテロ組織か、国家なのでは？」

「そう考えるべきですな」

「で、『ロスト7』についての手がかりは、まだ？」

「ヒントは、西園寺良子にあると、私は考えています」

意外な名前が飛び出してきた。

「彼女は、捕まるために帰国したとしか考えられません。それが、〝レベジの核〟の鞄《かばん》が青田稲荷に置かれた日と同じなのは、偶然とは思えない。この二つの符合を理解できる者に向けたメッセージかも知れません」

「つまり、総理、ということですか」

「我々は、もう一人の高畠を知っています」

「どういう意味ですか」

「高畠陽一元副総理です。彼は、西園寺と同世代です。『ロスト7』の脅迫状は、官邸のウェブサイトに届きました。だから、『高畠』と名指しされたのは、総理のことだと思い込んだ。だが、西園寺が事件に絡んでいるのであれば、元副総理こそが、本当のターゲットかも知れません」

2

冴木が部屋を出たので、戸樫も帰宅することにした。

そこに、総理から、今すぐ公邸に来るようにと電話があった。

眠気を堪《こら》えて、戸樫は公邸に向かった。


総理は、公邸内にあるトレーニングルームで、朝の日課を終えたようで、ポロシャツにジーパン姿で、書斎で待っていた。

「やけに疲れた顔をしているわね。特製のジュースを飲む？」

栄養士に作らせたご自慢のジュースだったが、戸樫は苦手だった。

「いえ、結構です。ご用件を伺います」

「いよいよ攻撃の秋《とき》、来たれりよ。今夕、核武装に向けた準備を始めると発表する」

それは、総理の悲願だった。

強い日本を創る！　を標榜《ひょうぼう》して総理に就任以来、日本の核武装を画策してきた。

「核武装は、先進国として当然の義務」というのが、持論だからだ。

総理の座を目指し始めてからは封印していたのだが、それを解こうというのだ。

きっかけは、アメリカからの提案だった。

財政赤字が深刻化する一方で、防衛費が嵩《かさ》むアメリカは、在日米軍の縮小を検討している。

にもかかわらず、中国は軍拡化を突き進み、ことあるごとに台湾《たいわん》や日本、東南アジアに対する威嚇行為とみられるような軍事演習を繰り返している。

そこで、マイク・ウイルソン大統領は、二ヶ月前に行われた日米首脳会談の席上、「極秘事項」扱いで、日本に核武装を進める提案をしたのだ。

第二次世界大戦中に、日本に二発の原爆を落としたアメリカは、これまでずっと日本の核武装を「厳禁」としてきた。

復讐《ふくしゅう》を怖れてのことだと言われている。

だが、中国の増長を防ぐには、日本の核武装やむなし、という決断をしたのだ。

来週に予定されている国務長官の来日は、表向きは日米が主導する環太平洋経済振興政策が主目的だが、実際は、日本の核武装を後押しするためだ。

しかし、日本の核武装については、閣内での議論すら行われておらず、もし総理が封印を解けば、多くの反対意見が出るのは必至だ。

また、メディアへの事前の説明及び根回しもなく、世論からの大きな反発を生むのは、火を見るより明らかだ。

その上、中国のみならずロシア、アジア諸国からの反発は、強烈なはずだった。

「総理、今は最悪の時期では？」

「どうして？　『ロスト7』などというつまらない騒動を吹き飛ばすには、これぐらい大きな政策をぶち上げるのが、一番でしょ。これで、国民の関心は、こちらに移る」

そんな酷《ひど》い話があるか！

戸樫には怒りしかないが、総理は上機嫌だ。

「いずれにしても、拙速はまずいかと」

「もう三ヶ月も掛けて、核武装宣言のために、デイブと細かな打合せをし、着実にカウントダウンしてたのよ。そんな大事な時に、くだらない騒動が起きた」

「『ロスト7』が守れという約束は、総理が『核武装は封印』と約束されたことではないのでしょうか」

「まさか。これは、君と円ちゃんしかしらない」

それも問題なんだ。防衛大臣も知らない、衆参の議長も蚊帳《かや》の外にしていい話ではない。

「この問題に関しては、今までのような永田町的根回しなんて、不要です。電光石火の正面突破でしか実現できない」

「中国対策はどうされるんですか」

「不要でしょう。あいつらは、再三にわたって我が国やアメリカが抗議している軍事演習を止《や》めないのだから」

戸樫は、ため息を堪えきれなかった。

「アメリカとの絆《きずな》が深くなっても、中国との関係を疎《おろそ》かにしてはならぬと、陽一先生は常々おっしゃっておられます。

だからこそ、私を北京大学へ留学させ、中国のエリートとのネットワーク深化を指示されたんです」

「時代は変わった。私は、日本をアメリカへの隷属から脱却させるためにも、核武装は必須《ひっす》だと考えています」

だが、アメリカ大統領の言いなりで、核武装宣言をしようとしているのだ。今の総理の理屈には、まったく説得力がない。

「せめて党のお歴々には、耳打ちをなさるべきでは?」

「護! 我々は、古い衣を脱ぎ捨てなければならない。それを、誰にも邪魔をさせない」

戸樫は、それ以上の反論を止めた。

3

三時間ほど仮眠した冴木は、ベッドから這《は》い出た。

メディアは、新聞からテレビのワイドショー、そしてSNSでも、「ロスト7」の話題で大騒ぎしている。

新潟県民だけではなく、周辺自治体の住民にまで避難行動が拡大して、交通機関は軒並み大混乱だった。

午後に予定されている西園寺との面談のために、拘置所に向かう途中で、冴木は苗場の一件を西園寺にどうぶつけようかと考えていた。

おそらくは、無視するだろう。その時は、表情をしっかりと評価するか。

そして、そろそろ重要なカードをぶつける時だな。いかに、不意打ちにカードを切れるか。

そこが思案処だ。

*

苗場で〝レベジの核〟の関連物が発見されたと言っても、西園寺は、まったく反応しなかった。昨日に比べると、今日は機嫌が悪そうだ。

冴木の前に座っても、体を斜めにして、こちらを見ようともしない。

「もし、あなたがこの国で、核兵器を仕掛けるとしたら、どこを選びますか」

しばらく沈黙が続いた。

答える気がないのか、考えているのか、測りかねる表情を西園寺は浮かべている。

「総理官邸」

「なぜ？」

「有名無実だからよ。この国に、総理大臣なんて不要。だったら、吹き飛ばしてやればいいでしょ」

「高畠陽一を、ご存じですよね」

「名前は知っているけど、会ったことはない」

西園寺は、また、ロシア民謡を、小声で歌い始めた。

「西園寺さんと、高畠さんは、同世代。彼も、学生時代は活動家として運動に参加していたという資料があります。お二人には接点があったのでは？」

「バカ総理は、核武装論者だそうね。でも、総理になるために、それを封印したとか。情けない女よね」

いきなり話が予想外に逸《そ》れた。

「西園寺さんは、日本は核武装すべきだと考えているんですか」

「良いのではないですか。それを使って、広島と長崎の復讐でもするなら」

核武装を容認するような過激派は珍しい。今までの西園寺のイメージからすると、今の話には違和感がある。

「なのに、核兵器を、官邸に仕掛けるんですか」

「それぐらい脅さないと、臆病《おくびょう》者の総理は、アメリカを攻撃できないでしょ」

4

二カ所ほど寄り道をして、冴木が内閣府に戻ると、早見から「新潟県警の新見さんが、お待ちです」と告げられた。

わざわざ東京まで足を運ぶとは、苗場で良い情報が得られたのだろうかと、冴木は、自室のドアを開けた。

新見には同行者がいた。

「こちらは、元警視庁の公安刑事、門前辰彦さんです」

仕事柄、公安刑事に知り合いは多いが、門前とは初対面のはずだった。新見の紹介で会釈した小柄な老人は、どこにでもいそうな年寄りにしか見えない。

「門前さんは、一九七七年の迫撃弾発射未遂事件の捜査を担当されていた方なんです」

新見によると、事件は新潟県警の手に余り、警視庁公安部の門前と先輩刑事が担当することになったのだという。

新見の了承を得て、冴木は早見と内村にも引き合わせた。

「捜査報告書には、迫撃弾事件の犯人については、『不明』とあったのですが、門前さんには、心当たりがあったそうです」

「厳密に言うと、私ではなく、先輩刑事なんですが。彼は、我々の間では伝説的な公安刑事でした。分析力に長《た》け、人脈づくりも巧みでした。時々大胆な仮説を立てて捜査をするのですが、大抵は的中していました」

刑事の名は、中原庸一《なかはらよういち》という。

「それで、犯人は誰なんですか」

「反米アジア戦線『蒼き狼』です。実際、大亜重工ビル爆破事件で犯人グループを逮捕後、新潟の一件も、先輩はぶつけていますが、反応は鈍かったと聞いています」

「門前さんは、どうでした？」

「私は中原の見立てには懐疑的でした。大亜重工ビル爆破事件は、火薬の量は膨大でしたが手製の爆弾を用いた事件です。しかも、彼らは死傷者を想定しておらず、大惨事になって動揺するような素人です。一方の迫撃弾は、プロの匂いがしました」

地味な印象の門前は、現役時代は優秀だったと思われる。公安は辛抱強く過激派を監視し、時に彼らを取り込む。それができるのも、灰色の男と言われるほど、日頃は冴《さ》えない風体でいるからだ。

「中原は『蒼き狼』には黒幕がいたのではないかと考えていて、その捜査中に失踪《しっそう》してしまったんです」

「そういう刑事がいたことは、私も記憶しています。あの爆破事件の頃、極左担当を務めており、その時に、『蒼き狼』に関する捜査にも協力していました。我々はその頃お会いしているかも知れませんな」

「冴木さんは、西園寺良子を担当していましたよね」

「結局、私は役立たずでしたけれどね。西園寺良子はなかなかの強者《つわもの》で、私は終始翻弄《ほんろう》されました」

「私は、彼女の夫、西園寺陵介の取り調べを担当された中田《なかた》検事のお手伝いをしておりました」

「蒼き狼」は、不思議な過激派だった。彼らはイデオロギーではなく、日本の真の独立、そしてアジアとの共生を訴えていた。

それだけに、大亜重工ビルが爆破された後、公安部も刑事部も犯人の特定に苦労した。結果的に、極左グループに出入りしていたメンバーがいたことで端緒を摑《つか》み、一網打尽に逮捕した。

「ご記憶かと思いますが、彼らは天皇陛下のお召し列車が通過する鉄橋に爆弾を仕掛けようとして失敗し、その爆弾を大亜重工ビルに使いました。中原は、その『蒼き狼』の大胆不敵さに注目していたんです」

「だとしたら、なぜ新潟で、発射しなかったんでしょうな」

「中原は、仲間割れがあったのではないか、と考えたようです。そして、重要な情報提供者を見つけたと言って京都に行き、姿を消しています」

考えられるのは、「蒼き狼」には黒幕が本当にいて、中原はその核心に迫ったために消されてしまったということだ。

ここまでの門前の話では、四十八年前の事件に「蒼き狼」が関係していた手がかりと言えるのは、中原の意見だけだ。

新見は、そんな些細《ささい》な話をするために、わざわざ東京に出て来たのか。

冴木が疑問に思ったところで、門前が言った。

「新見さんから当時の問い合わせがあって、『ロスト7』という名に覚えがないかと尋ねられて、思い出したことがありました。中原の行方が分からなくなり、家族から『失踪宣告』の相談をされた時、膨大な捜査資料やノートを預かりました。その中に、その名があったんです」

なんだって！

まずは、付箋《ふせん》が貼ってあるページを開く。

手帳の筆跡を見る限り、中原は豪快な男だったようだ。文字は力強く、筆圧も強かった。

十一月二十一日と日付が書かれたページには、「『蒼き狼』の黒幕か」という走り書きと一緒に、「西園寺夫妻は、主客逆転か！」、「京都!?」とあり、次のページに「『ロスト7！』とはなんだ!!」と、他よりも強い文字が躍り、三本の線が引かれていた。

「門前さんには、この意味は、分からないんですか」

「この手帳を見るまで、『ロスト7』なんてまったく知りませんでした。ただ、『蒼き狼』や、西園寺夫妻についての言及、さらに京都を注視している点などは、中原の推理と符合します」

「だとすると、『ロスト7』は、大亜重工ビル爆破に繋《つな》がっていると考えるべきですな。いや、黒幕と考えたんでしょうか」

「京都に向かったのは、黒幕の謎を解くためだったかもしれないと、私は考えています」

「中原さんの消息は？」

「まったく。結局、家族が失踪宣告をして、中原は死亡扱いです」

「京都府警にも、問い合わせはしたんですよね」

「ええ。七〇年代の京都には、過激派組織が複数ありましたから、彼らに接触したのではないかと、府警も捜査をしましたが、空振りに終わりました」

「蒼き狼」は、極左系過激派と距離を置いて、独自の活動をしていた。したがって、京都の過激派に中原が接触していないのは、頷《うなず》ける。

だが、冴木には、中原が接触した可能性がある人物の名が浮かんでいた。

高畠陽一――。彼は、京都大学医学部出身で、中原が失踪した当時、まだ、京都にいたはずだった。

「冴木さん、内閣情報官が、大至急お会いしたいと言っています」

早見の言葉で、冴木の思考は中断した。

5

同じ内閣府の庁舎内を移動して、冴木は内閣情報調査室に入った。

ずいぶんと内装に金をかけたらしい部屋には、情報官の加瀬以外に客がいた。

ソファに座った三人の外国人が冴木を見ている。

「こちらは、CIA東京支局長のサミュエル・ソンダースさん、そして、お二人は、CIA本部からいらっしゃったジェニファー・ブラウンさんとクリストファー・キャメロンさん」

支局長が黒人、本部の白人二人は女性が上司という、最近のアメリカを象徴している顔ぶれだった。

冴木は、CIAにも広く人脈があった。

冴木が現役の頃には、CIAの局員は豪快で大雑把なタイプばかりだった。しかし、既に引退して十年以上が経過している。目の前に並ぶCIA職員はまるでエリート金融マンのようで、いかにも切れ者に見えた。尤《もっと》も、何事も「見かけ倒し」になりがちなのが、あの組織の特徴なのだが。

「新潟で発見された鞄ですが、旧ソ連製のスーツケース核に間違いないそうです」

加瀬は軽く言ったが、事態は深刻度を増したことになる。

「模造品ではないと断定できる理由はあるんですか」

「科学的な分析は行っていませんが、ラングレーにデータを送り、専門家に調べさせました」

ソンダースは自信満々だった。

「首相官邸のウェブサイトに届いた脅迫状についても、貴重な情報を戴《いただ》きました」

加瀬が英語で言うと、若いキャメロンが、タブレット端末を冴木に差し出した。

七人の若者が肩を組んでいる写真が画面にあった。若き日の高畠千陽の姿もある。

「高畠総理がプリンストン大学に留学中の写真です。彼女の隣にいる男に注目して下さい」

浅黒いアラブ系の男性を、キャメロンはボールペンの先で示している。

「この当時は、サイード王子と名乗っていましたが、現在の彼の名は、イブラハム・ファキム」

我が耳を疑った。

ファキムは元テロリストだ。

アル・カイダの流れを汲《く》むテロ集団のリーダーとして、世界中で爆弾テロを続け、その名は世界に轟《とどろ》いている。それが一昨年、突然、中央アジアにアラビスタンという独立国を建国して大統領に就任した。

尤も、国連をはじめほとんどの国際機関は、アラビスタンを国家として認めていない。国交を結んでいるのは、シリア、コンゴ民主共和国など数ヶ国にとどまっている。

「ファキムは、元はサウジアラビアの王子で、高畠総理の留学時代の交際相手の兄です。彼は、アラビスタンはアメリカに依存しない真のアラブ国家を目指すと嘯《うそぶ》いています。そして、高畠は、ファキムの独立国をいち早く承認し、経済支援もすると約束したそうです」

にわかには信じがたい話だった。だが、CIAの「お三方」は、至って真面目だ。

「約束したという裏付けはあるんですか」

「プリンストン大で二人と親しかったクウェートの外交官が、チハルは何度もその約束を繰り返したと証言しています」

気の弱そうな男性の写真が示された。

「総理は、テロリストに脅迫されるような約束をした覚えはないと断言していますが」

「何を信じるかは、そちらの自由です。私たちが重視しているのは、ファキムが、アラビスタン建国に当たり、七ないし十のスーツケース核を持ち込んだという点です。新潟で発見された物は、その一つではないかと考えています」

「ブラウンさんは簡単におっしゃるが、核の入手経路などは判っているんですか」

「我々は二〇〇一年の同時多発テロ以降、ファキムを最重要警戒対象の一人として監視を続けています。そして、ファキムがチェチェンのゲリラ及びアル・カイダの残党からスーツケース核を入手したという情報を得ています」

「物証はあるのですか」

無表情だったブラウンが口元を歪《ゆが》めた。

「ありますが、お見せできません。もう一つ重要な証拠があります」

そう言ってICレコーダーを作動させた。ノイズはあるが、男性はクイーンズ・イングリッシュを話している。

〝やあ、チハル。ご無沙汰《ぶさた》。総理大臣就任おめでとう〟

〝どちら様？〟

〝君の同志、イブラハムだよ〟

〝イブラハムって？〟

女性の声が高畠総理なのか、冴木には判断がつかない。

〝君の「義兄《あに》」、サイードだよ。今は、アラビスタン共和国大統領のイブラハム・ファキムと名乗っているがね。チハルは僕らの約束を覚えているか〟

〝約束？　えっと、ちょっと待って。この電話はまずいわ〟

そこで電話は切れた。

「総理の個人の携帯電話を傍受したものです」

「いつから、総理の携帯を傍受してるんですか？」

ＣＩＡに、日本の総理大臣の携帯電話を盗聴する権利などない。

「この手の作業は、別の機関が行っているため、存じません」

ソンダースがあっさり答えた。盗聴行為を司《つかさど》るのが、国家安全保障局《NSA》なのは、知っている。

だが、ＣＩＡの東京支局長が知らないというのはありえない。

「冴木さん、そこのところは、今、関係ないので」

ＣＩＡの忠犬、加瀬がすかさず嘴《くちばし》を容《い》れた。

「で、傍受の内容について、総理に確認したのですか」

「それにお答えする前に、冴木さんにご相談があります。新潟原発至近に放置されたスーツケース核の捜査及び中身の捜索は、米日合同による極秘特命チームで行います」

ブラウンは、「相談がある」と言ったが、こちらの承諾もなしに、その合同の極秘特命チームへの参加を無理強いしているとしか聞こえなかった。

「傍受記録については、冴木さんから総理にご確認戴きたい」

日米合同による極秘特命チームを結成するためには、総理大臣の許可がいる。その結成を前に、ブラウンは、冴木に「総理への事情聴取」を命じている。

だから、俺がここに呼ばれたわけだ。

「一つだけ伺ってよろしいでしょうか。今回の一件を起こしたのがファキムが率いるテロ集団だったとするなら、なぜ『ロスト7』と名乗るのでしょうか」

「写真に写っている若者の人数を数えて下さい。七人います」

6

アメリカ勢が出て行くなり、冴木は加瀬に詰め寄った。

「加瀬、君には、日本のインテリジェンスの最高責任者という自覚がないのかね?」

「と、おっしゃいますと?」

冷めた紅茶を飲んでひと息入れている内閣情報官には、冴木の怒りの意味が分からないようだ。

「日本国の内閣総理大臣の携帯電話を盗聴していたと、奴らは臆面もなく言ったんだぞ。これは重大な主権侵害であり、スパイ行為として厳重に抗議すべきだろ」

「お言葉ですが、ドイツのメルケル氏が首相時代に、ＮＳＡから盗聴されていたくらいですから、抗議するだけ無駄なことですよ」

しかしメルケル首相は盗聴を知って、アメリカを激しく非難している。

「だったら、携帯電話は盗聴されていますよと、これから総理に伝えに行こうじゃないか。彼女が激怒したら、同じ弁解をするんだな」

「冴木さん、笑えない冗談はやめて下さい。それに、総理に確認するのは、あなたの仕事でしょ」

これ以上は、時間のムダだ。

「アメリカとの合同極秘調査など、総理が許すと思うかね？」

「総理は親米派ですから、問題ないでしょう」

「さっきの録音が外部に漏れたら、総理の首は即刻飛ぶ。なのに、アメリカと組むのか」

「冴木さん、だからこそ合同でやるしかないのでは？」

小賢《こざか》しい早見が口を挟んできた。

「違う。我々は、あの事実を全面的に否定しなければならない、そして総理はアメリカに濡《ぬ》れ衣《ぎぬ》を着せられたと怒るべきなんだ」

「そんな無茶な。アメリカは同盟国なんですよ。彼らに喧嘩《けんか》を売って何の益があるんです」

同盟国なら、相手国の総理の携帯電話の盗聴などしない。

「それより早見、ジェニファーってのは、何者だ。テロ対策の専門家というより、秘密工作のエキスパートじゃないのか」

「作戦本部長の右腕でしたが、現在は、戦略担当官だったと思います」

つまり、国家機密を守る側ではなく、敵を攻める側の専門家ということか。

そんな大物が、わざわざ来日してくるとは。

「アメリカ大統領が、アラビスタンについて『ISIS同様の過激派組織に過ぎない。証拠を摑んだ時点で、攻撃も辞さない』と、最近、発言していた気がするんだが。アメリカが、前のめりになっている理由を知りたい」

何とも言えないいきな臭さが、どんどん強くなってきた。

気に入らん。どう考えても、悪い展開だ。

そもそも写真に写っているのが七人だから「ロスト7」と名乗ったのだ、などと臆面もなく口にするジェニファー・ブラウンの態度が我慢ならなかった。

7

戸樫と共に官邸内に入った冴木は、政務秘書官に、「官房長官も同席して欲しい」と頼んだ。官房長官が、総理執務室に顔を見せたところで、冴木は人払いをした。この場にいるのは、総理、官房長官の円田、内閣情報官の加瀬、そして戸樫と冴木の五人だった。

「何ですか、やけに物々しいですね」

高畠総理が訝《いぶか》しむように言った。

「先ほどまで、CIAの連中と話しておりましてね。『ロスト7』について、重要な情報を提供してもらったんですよ。それで、大至急、参上した次第です」

あえて軽い口調で一枚の写真を総理に見せた。

「この写真は、総理がプリンストン大学にご留学されていた時のものですね」

「ええ、懐かしい写真です。こんなものをどこで手に入れたんですか」

「CIAからのプレゼントですよ。あなたのお隣にいらっしゃる方が、どなたかお教え戴けますか」

総理は眼鏡をかけて、写真を見つめた。

「これは……」

そこで総理は固まってしまった。

冴木が声をかけると、わざとらしい笑顔と共に、「サウジアラビアのサイード王子だと思います」と答えた。

「サイード王子は、現在は違う名前を名乗っておられるのも、ご存じですよね」

「冴木さん、いったい、何のことです」

「私は今、CIAが提供してくれた貴重な情報を元にお尋ねしています。総理、サイード王子の現在の名を教えて下さいますか」

勘の良い円田が、間に割って入った。

「総理、答えちゃいけません！　冴木さん、答えるまでもないのでしょう」

「我々は、それが誰か存じております。そして、総理も官房長官もご存じのようだ。では、これをお聞き下さい」

CIAの盗聴データを流すと、総理は最後まで聞くことなく停止ボタンを押した。

「何ですか、これは！」

「あなたの携帯電話は、アメリカの情報機関に盗聴されていたんです。そして、アラビスタンの大統領との通話が、記録されてしまったわけです。総理はかつて、ご自身が総理になった暁には、サイード王子が建国するアラブのための独立国家を承認し、経済支援をする、と約束されましたね」

「そんな覚えはない。たとえ過去に言ったとしても、それは、若気の至りで、調子に乗っただけのことです」

「そうでしょうね。だが、実際にあなたは総理となり、サイード王子は、アラビスタンを建国してしまった。あの電話がかかってきたのは、いつですか」

「一年ほど前です。私が総理に就任して一ヶ月ぐらい経ってからです。確かに、彼は学生時代の約束を果たしてくれと言いました。私は、学生同士の戯《ざ》れ言だと取り合いませんでした」

総理は、電話の事実をあっさりと認めてしまった。彼女は、それがいかに深刻かつ重大なことかを理解しているのだろうか。冴木の隣に立っている戸樫もため息をついた。

「だから、約束を果たせと、スーツケース核を持ち込んだのではないか。アメリカは、そう言っています」

「それは、言いがかりです。では、なぜあの誇り高き男が、あんな安っぽい名を名乗るんです。『ロスト7』なんて、彼らしくない。彼なら、堂々と自分の名を名乗るでしょう」

テロリスト時代なら、そうだろう。

しかし、国際的には認められていないとはいえ、今や一国の大統領となったのだ。軽はずみに名乗らないかもしれない。

「この写真に写っているのが、ちょうど七人。CIAは、彼らこそ『ロスト7』だと言っていますが」

「いや、違う。私たちは、この仲間を、『プラチナ7』と呼んでました。皆、非欧米人のスーパーエリートで、金より凄《すご》いプラチナだという意味で」

8

総理執務室を出ると冴木は、戸樫から話があると言われた。

「あんな馬鹿げた話を、信じますか」

官房副長官室に入るなり、戸樫が尋ねてきた。

「ファキムが『ロスト7』の黒幕というのは、とんでもない与太話です。しかし、それを持ち込んで来たのが、アメリカであるというのが厄介です。しかも、あんな盗聴までされて。総理としては、断固たる抗議をすべきですな」

「同感ですが、総理はなさらないと思います」

「アメリカに、頭が上がりませんか」

戸樫が、答えに窮している。どうやら、もっと深刻な理由があるようだ。

「〝レベジの核〟の捜査を私に全権委任されたのは、総理とあなたですよ。ならば、秘密は、なしにして戴きたい」

意を決したように、戸樫が応じた。

「総理が、長年、核武装推進派であることは、ご存じかと思います。総理就任のため封印していたのですが、その禁を破り、核武装に向けた準備を始めると、本日、発表されます」

あまりの衝撃を受けて、冴木は暫《しばら》くフリーズしてしまった。

「アメリカが、そんなことを許すわけがありません」

「ところが、これはアメリカからの強い要請なんです」

アメリカが、日本の核武装を勧めているだと⁉

「深刻なアメリカの財政赤字と、中国の軍拡防止のため、だそうです」

「いや、我が国が、核武装するなどと宣言したら、逆効果でしょう。中国が、さらに軍事力強化に走るのは、目に見えている」

だが、総理からすれば、悲願だった核武装を、アメリカが勧めてくれているのだ。乗らない道理はない。

「『ロスト7』とアラビスタンを、アメリカが強引に引っ付ける理由は、何です?」

「分かりません。私にも寝耳に水で。そもそも建国したばかりの国が、自国を国家として認めよと訴えるために、日本に核兵器を仕掛けますかね?」

その通りだ。

冴木には、繋がりが見えないが、総理の核武装宣言に連動した動き、と考えるべきなのだ。

「先月、アメリカ大統領が、アラビスタンを『国家ではなく、テロ集団』と断定し、攻撃準備をしていると、海外メディアなどでも騒がれました。その大義名分に、〝レベジの核〟騒動を利用したいのでしょうか」

そんな子供じみた発想は、ありえない。

だが、今のアメリカなら、やりかねない。

「冴木さん、私は『ロスト7』の言う約束とは、核武装の封印を指しているのでは? と疑っています」

「なるほど、それはありえますすな。しかし、総理が核武装に舵《かじ》を切ることを知っている者は、

「総理は、私と官房長官だけだとおっしゃっていますが、おそらくは陽一先生もご承知かと思います」

どれぐらいいるんですか」

9

西園寺との面談が、午後八時に始まった。

冴木は、どれだけ忙しくても毎日、西園寺に会うと決めていた。会話の微妙な変化から突破口を探るつもりだった。

今日も朝から、聴取が行われたが、西園寺は「完全黙秘《カンモク》」を貫いている。

既に七十歳を超えているはずだが、西園寺は疲れを見せず、凛《りん》とした態度で座っている。

「古い調書に、日本茶がお好きだと記載されていたので、美味《うま》い玉露を持ってきました」

冴木は、サーモスの水筒と、湯飲み茶碗《ぢゃわん》を二つ取り出した。

「淹《い》れたてが美味いんですが、そこはご勘弁を」

西園寺は、冴木が水筒からお茶を注ぐのを見つめ、差し出されると両手で受け取った。

「相変わらず、お茶の淹れ方がお上手ね。私の好みを覚えてくださっていたのね。懐かしい味を堪能《たんのう》しました」

目の前の女性が本当に西園寺良子なのか、冴木はそもそも疑っている。

四十六年前に逮捕された時は、身を窶《やつ》して家賃一万三千円の安アパートに夫と二人住まいだったが、元々は良家の令嬢である西園寺の舌は肥えている。

逮捕後、「娘が好きだから」と母が届けた差し入れの中に、福寿園《ふくじゅえん》の高級玉露「金雲《きんうん》」があり、冴木は西園寺のために淹れたことがある。

そこで過去の情報を再現して、照らし合わせてみた。

「甘い物も如何《いかが》ですか」

「ありがとう。私は塩大福が一番好き」

西園寺は器用な手つきで大福を割って食べた。

〝塩大福が好物というので、玉露と一緒に出した〟という過去の記載通りだった。

「やはり、日本はいいですか」

「愚問ね」

「確かにそうです。でも、私としては、あなたが自ら出頭してきたのが、解せないんですよ。やっぱり最後は、祖国に戻りたかったのかと思った次第で」

口元をハンカチで拭《ぬぐ》い、お茶をもう一口味わってから西園寺は答えた。

「出頭ではなく、闘いを再開するため」

「原発の至近地に〝レベジの核〟の鞄だけが置かれ、昨日は、苗場のスキー場に鉛の円筒が置かれたが、次は、何が起きるんでしょうな?」

「さあ。私は知らない」

「そういえば、新潟原発に対する過去の挑発行為を調べていて、面白い未遂事件を見つけたんですよ」

冴木は、モノクロの迫撃弾の写真を数枚並べた。

「学生が作ったちゃちなパイプ爆弾ではない、本物そっくりの迫撃弾です。四十八年前、新潟原発のすぐそばで、発見されました。西園寺さん、なぜ撃たなかったんですか」

「それは、高畠に聞いてはどうかしら」

10

その日の午後、高畠千陽総理は緊急で閣議を開き、中国の軍事拡大を鑑《かんが》み、アメリカからの要請を受けて、日本で核を保有すると宣言した。

当然のことながら、閣議は紛糾した。それでも、総理は毅然とマイク・ウイルソン・アメリカ大統領からの親書を読み上げ、これに同意できない者は、今すぐ辞任せよ――と迫った。

三人の大臣が辞任したが、閣議決定され、総理は臨時会見を開き、我が国は、核武装すると宣言した。

戸樫は、その一部始終を見守り、官房副長官として総理をサポートした。

メディアは大騒ぎし、一時間以内に、中国やロシアから猛烈な非難がきたが、すべては想定内だった。

日本と関係が深い先進国やＡＳＥＡＮ主要国、さらには韓国、台湾などには、アメリカによる根回しが終了しており、極めて冷静な対応がなされた。

歴史的な一日が終わろうとする時刻に、戸樫は、高畠陽一に呼び出され、新潟の邸宅を訪れた。

「どうだね、核武装宣言の反響は？」

応接間のお気に入りのソファに座った高畠は、上機嫌だ。保守党の重鎮を説得したのは、高畠だと、総理から聞いていた。

「アメリカや陽一先生のご尽力で、想像以上の良いスタートを切りました」

「メディアは騒いでいるが、暫くすれば落ち着くだろう」

そうだろうか。SNSは大炎上しているし、国民の核アレルギーは侮れない。

「ところで、新潟県民の恐怖を、一刻も早く取り除いてやりたいんだ。『ロスト7』騒ぎを早急に収拾して欲しい」

「尽力していますが、手がかりがなく」

「だから、アメリカが救いの手を差し伸べてくれただろう」

「おっしゃっている意味が、分かりかねます」

「事件を、アラビスタンの陰謀だと結論づければ、騒動は終わる。そして、アメリカは、堂々とヤツらを攻撃できる。両者にとってウィン・ウィンなんだ。

総理はこれから、核武装問題で忙しくなる。護が、その線で収拾してしまいなさい」

部外秘のアラビスタンについての話を、高畠が知っていたのに驚いた。

「先生が、アメリカにご提案されたんですか」

「いや、さすがにあんな奇抜な発想は、私には無理だ。ディックから相談された」

アメリカ国務長官を「ディック」と呼ぶのが嬉《うれ》しそうだ。

「私には、かなり無理筋に思えますが」

「世の中は、不可解な出来事で溢《あふ》れている。『ロスト7』とやらの黒幕が、ファキムというのも、その一つだと割り切ればいいじゃないか」

「お言葉を返すようですが、核爆弾本体を発見するまで、新潟県民は、心穏やかにはなれないのではないでしょうか」

「私は、本体は、この国にないと考えている。発見された物は、付属品ばかりじゃないか」

「ですが、実行犯を捕まえて、事実関係を明確にしない限り、恐怖は去りません。そこは、一層努力して、結果を出します。

それよりも先生、一つ懸念していることがあります。本物の『ロスト7』の言う約束とは、核武装の封印ではないでしょうか」

「考えすぎだな。そもそも、千陽が核武装を進めるのを知っていた者は、数人だ。その誰かが、裏切らない限り、テロリストは知り得ない」

「今回の事件捜査では、日本では数少ないインテリジェンスの専門家である冴木治郎という方が、責任者に就いておられます。その冴木さんは、『ロスト7』のターゲットは、陽一先生ではないかと疑っておられます」

「私は、そんな団体なんぞ、聞いたこともない。そんな詮索《せんさく》はいい。とにかく新潟県民に安寧を与えるよう励んで欲しい」

話は以上だと言いたげに、高畠はパイプをくわえ、火を点《つ》けた。

＊

その深夜――。
アメリカ海軍横須賀《よこすか》基地の約二キロ東にある猿島《さるしま》海水浴場から、一艘《いっそう》のレジャーボートが、基地のある半島に向かって進んでいる。

ボートは無人で、六本の金属製の筒を搭載している。

「ちょっと波が高いけど、大丈夫？」

ボートをリモコン操作している相棒が尋ねてきた。春紀は、暗視ゴーグルを着けた状態で、スナイパーライフルのスコープを覗《のぞ》き込んだ。

春紀たちは、ボートが静止した場所から北に約七百メートルに錨《いかり》を下ろした高速ボートにいる。その甲板に春紀は腹ばいになって、無人ボートの金属製の筒から覗く導火線に焦点を合わせる。

二つの舟の揺れは同じではないが、双方の波長を合わせればいい。

「凪は、ほぼ無風。ラッキーね」

「怜、ドローンを上げろ」

相棒の操作で、消音タイプのドローンが離陸した。

「現着まで、三分」

春紀は、呼吸を整えた。

「狙撃《シュート》まで、あと十秒、微風が出た、南風一・三。五、四、三……」

春紀は躊躇《ためら》わず、引き金を引いた。

「着火。よし、逃げるぞ！」

春紀は、ボートのエンジンを始動した。怜は、ドローンを操作している。

夜空に、六発の大玉花火が打ち上がった。

「基地圏内に侵入成功。荷物を落とし、自爆する」

すでに、ボートは元いた海域から数百メートル移動している。

「ネズミ、良い趣味しているな。花火が、超きれいだ！」

春紀は、振り向きもせずに舵輪《だりん》を握りしめ前方の闇を睨《にら》んだ。東京湾は、船だらけだ。衝突を避けるために、気が抜けない。

ボートは猛スピードで、房総《ぼうそう》半島の富津岬《ふっつみさき》に向かっている。

「あと、十分で離脱するぞ」

二人は、ウエットスーツを着込んでいる。

春紀は、怜と交替して手際よく潜水の準備をすると、最後にハンドルとアクセルを固定した。

前方に岬の展望台が確認できたところで、二人は海に潜った。


三十分後、官邸のウェブサイトに「ロスト7」から新たなメールが届いた。


〝横須賀の花火はきれいだったろう。

米軍基地に、信管を届けてやった。

高畠、ただちに核武装宣言を撤回せよ！

ロスト7〟

第六章　亡　霊

1

その日の朝、冴木は乃木《のぎ》神社を目指していた。

早朝といえる時間帯なので、道を歩いているのは、愛犬と散歩する人や、ランナーくらいだ。

乃木公園前のバス停に巻かれた白いリボンを確認すると、交差点を右に折れた。

白リボンは安全、赤は監視者ありを意味する諜報技術《トレードクラフト》で、先に到着した約束の相手が安全を告げているサインだ。

日清《にっしん》・日露《にちろ》戦争時代の軍人、乃木希典《まれすけ》大将を祀《まつ》る神社には、人の姿はなかった。二の鳥居を潜《くぐ》ると、左手に拝殿が見えてくる。

「雷神木《らいじんぼく》」と呼ばれるクスノキの前で、黒のジャージを着た男が両手を合わせて祈っている。

一九七二年の落雷に打たれたのがその名の由来だが、落雷を受けた樹は、雷神が宿るとされ、悪事災難除《よ》けとなることから、以来、神木として崇《あが》められているらしい。

「いつ、日本に戻った」

「二週間前だ。カミさんが入院したと聞いてな」

そう答えた男は、二年前とはまるで別人だった。かつては和仁直人《わになおと》と名乗っていた北朝鮮の対日工作官責任者《ハンドラー》、ユ・ムンシクは、ある事件を契機に、過去の身分を捨てて、東南アジアで潜伏生活を送っている。冴木は〝和尚〟と呼んでいた。

大胆に整形し、容貌《ようぼう》が変わっている。そのせいか、七十代には見えない。

「本当に、そんな理由で戻ってきたのか」

「本当かどうか、あんたには関係ないだろ」

北朝鮮のハンドラーだった時から〝和尚〟とは腐れ縁の間柄だった。

「怜の件だが。あいつが、テロリスト集団と関係している可能性がある」

怜が、また姿を消してしまった。

何度も似たようなことがあったが、冴木は、これまでと違う「異変」を感じていた。

いきなり合気道の立ち合いを求めてきたのも妙だった。そして、真剣勝負のくせに、わざと負けたのだ。

さらに、どんな時も必ず共に行動していた愛車のドゥカティ・パニガーレV4が、自宅の車庫に置かれたままだ。

気になっているのは、怜が消えた日から、「ロスト7」の騒動が始まったことだ。怜が、「ロスト7」に関わっているのではないか。

そんな妄想が、冴木を悩ませた。

立ち回り先や怜の交友関係を調べたが、すべて空振りだった。

仕方なく、冴木以上に怜のことに詳しい〝和尚〟に相談したのだ。

よりによって昨夜遅く、横須賀で「ロスト7」が、第三の〝犯行〟に及んだ。

無人のボートを横須賀沖に浮かべ、そこから花火を打ち上げた。その騒動を縫ってドローンが、横須賀基地の建物の屋上まで飛来し、〝荷物〟を投下したのだ。

テロ対の捜査員の話では、落下物は、〝レベジの核〟の信管に酷似しているという。また、放置されたボートを捜査した神奈川県警の報告では、花火の発射筒からは、遠隔操作や時限着火に必要な装置が発見されていない。

その直後、現場から約十キロ東の房総半島富津岬に高速ボートが激突炎上した。

二つの出来事の関連について、なんら裏付けはないが、冴木の脳裏には、あるイメージが浮かんだ。

高速ボートから、誰かが無人の舟に設置した花火の導火線に射撃で火を点《つ》け、花火を打ち上げたというイメージだった。

そんな回りくどいことをする意味はない。だが、「ロスト7」が無意味なことをするとは思えない。

きっと必然的な理由があるのだろう。

そして、こうした奇抜な発想を、怜は好んだ。だとすれば、面倒な〝相棒〟も一緒かも知れない。

冴木の頭は、妄想で爆発寸前だった。

「最近、話題の『ロスト7』かね?」

「知っているのか」

「そんな物騒な連中は知らない。だが、平和ボケの日本には、良い教訓になるだろう」

〝和尚〟が楽しそうに言った。

「――怜ちゃんは、一時あんたのもとから消えたことがあったな」

怜は実の娘ではない。彼女の父親もまた、北朝鮮の工作員だった。「煙《ヤンギー》」と呼ばれた敏腕だったが、二十年以上前に非業の死を遂げている。その時に、「煙」から、怜の将来を託された。

ところが、ある日、彼女は姿を消した。消息については、全く手がかりがつかめなかった。

七年後、突然、怜は戻り、現在に至っている。

冴木は、空白の七年間について、怜に質《ただ》したことは一度もない。

「旧ソ連時代に、才能抜群の子どもたちに英才教育を施すスパイ養成学校があったのを知っているよな」

「〝XXX《トリプル・ハー》〟のことか」

旧ソ連時代の諜報《ちょうほう》機関であるKGBが運営する、アメリカへの極秘潜入工作員養成所だ。

「彼女は、そこで訓練を受けたらしい」

「まさか。そもそも怜は、北朝鮮人であり、彼女の拠点は日本なんだぞ」

「北朝鮮も、〝XXX〟のクライアントだったからな。俺が使っていた工作員に、怜ちゃんの〝同級生〟という奴がいた」

「怜が〝XXX〟で訓練を受けたとして、それが、『ロスト7』とどう繋《つな》がるんだ」

「『ロスト7』については知らないが、〝XXX〟に、日本人の教官がいたと聞いたことがある。ゴー先生と呼ばれていたそうだ。過激派崩れで、武道の達人だったそうだ。とにかく、彼を慕う弟子は多く、世界中に散らばっているそうだぞ」

「彼ということは、男なのか」

「女ってことはないだろう」

「怜ちゃんは、ゴー先生のお気に入りだったらしい」

「もしかして、怜はスリーパーだったのか」

「そう考えるべきだろうな。あるいは、ゴー先生は日本で革命を起こそうと考えていたらしいから、そっちに乗ったのかもな」

「もっと詳しく知りたいんだが」

「そういえば、〝眠りネズミ〟もゴー先生の愛弟子《まなでし》だった」

〝和尚〟にたっぷりと逃亡資金をはずんで別れると、冴木は暫《しばら》く乃木神社内を散策した。

〝和尚〟の話は、衝撃的だった。

怜に合気道を教えたのは冴木だが、怜は素手で人を殺《あや》める武術も習得していた。

それが、まさか旧ソ連の〝XXX〟で訓練を受けたからだとは……。

「ゴー先生」なる教官が、「蒼き狼」の関係者だったとしたら、怜は「ロスト7」のテロ活動を手伝うかも知れない。

そういえば、日本で〝XXX〟についての情報を持っている人物を思い出した。

2

青山《あおやま》霊園の一角で、目当ての男、ユーリ・マトヴィエンコを見つけた。

最愛の妻を三年前に亡くして以降、マトヴィエンコが毎朝、妻の墓参りをするのを思い出し、冴木は青山霊園に足を延ばしたのだ。

少し近づいたところで、冴木は桜の木の陰に身を隠した。マトヴィエンコは、誰かと話し込んでいた。

冴木は、スマートフォンを彼の方に向けて、カメラレンズを目一杯ズームにした。

レンズが捉《とら》えたのは長身で手足の長い黒髪の男だった。マトヴィエンコより背が高い。

どうやら若者のようだ。やがて話し合いが終わったらしく、男はマトヴィエンコと抱擁して別れた。

男の姿が見えなくなるのを待って、冴木はマトヴィエンコに近づいた。

「やあ、ユーリ、元気そうだな」

「なんと懐かしい！　ジローじゃないか」

アメリカに亡命した元ＫＧＢ大佐のマトヴィエンコは、ソ連崩壊を機に妻の祖国である日本に密《ひそ》かに移住し、引退生活を楽しんでいる。

マトヴィエンコが日本に移住する時、彼の安全を確保し、生活の基盤を整えてやったのが冴木だった。

「元気そうだな」とは言ったものの、マトヴィエンコはすっかり老いていた。七十八歳だから、堂々たる老人ではあるのだが、妻が健在の時は、生命力が漲《みなぎ》っていた。

あの頃と比べれば、今のマトヴィエンコは、抜け殻のように見える。

「お茶をどうだね？　日本茶だよ」

マトヴィエンコはベンチに腰を下ろすと、水筒を掲げて見せた。節だらけの指で、カップを二つ取り出すと、お茶を注ぐ。

汗ばむ陽気だが、熱いお茶は、むしろ旨《うま》かった。

「用件を伺おうか」

お茶を味わいながら、マトヴィエンコが言った。

「〝XXX〟について、教えて欲しい」

「久しぶりに聞く物騒な名だね」

「ソ連崩壊と共に閉鎖されたと聞いていてたんだが、違うのか」

「KGB直轄の施設としては閉鎖された。だが、その後、ロシアマフィアや他国の犯罪組織からカネを募って存続しているという噂を聞いた。現在も活動しているかは知らんがね」

「そこに、日本人の教官がいたそうだね」

「教官のプロフィールまでは知らないな」

マトヴィエンコの答えはやけに早かった。

冴木は、空になったカップを見つめている老スパイの腕を摑《つか》んだ。

「日本人の教官というのは、『蒼き狼』の関係者じゃないのか。あんたは、彼らに対してシンパシーがあったろ」

「一九七九年というのは、嫌な一年だった。一月にアメリカが台湾を捨て中国と国交を樹立し、ソ連に衝撃を与えた。三月には、エジプトとイスラエルが平和条約を結び、五月にはサッチャーが英国首相に就いた。ソ連にとっては、毎月のように激震が走り、挙げ句が十二月のアフガン侵攻だ。あの一年で私の愛国心は大きく揺らいだ」

「その嫌な一年の中で、あんたは『蒼き狼』の犯行を称賛した」

「そうだったかな？　もう忘却の彼方《かなた》だよ」

「もしかして、教官は女だったんじゃないのか」

〝和尚〟は男だと言ったが、冴木は別の人物をイメージしていた。

「西園寺良子――、おまえを弄《もてあそ》んだ女か。まだ、運命の女のことが忘れられないんだな、ジロー」

「それこそ忘却の彼方だ。で、どうなんだ、西園寺良子が教官じゃないのか」

マトヴィエンコは、水筒を鞄《かばん》にしまうと、立ち上がった。

「また、会おう。今度は、我が家に来てくれ」

「ユーリ、答えがまだだぞ」

振り返ることも立ち止まることもせず、マトヴィエンコは遠ざかっていった。

3

「冴木さん、MI5《ファイブ》から興味深い資料を手に入れました」

内閣府で、資料を漁《あさ》っていた冴木に、内村が声をかけた。

内村のノートパソコンには〝THE REPORT OF YOICHI TAKABATAKE〟という文書が表示されている。

「正式なリポートです。信頼度は、トリプルA」

高畠の経歴が並んでいた。

高畠陽一は、旧姓元原《もとはら》という。元原は京都大学医学部在籍中に、大阪市西成区の日雇い労働者街として知られる釜ヶ崎《かまがさき》などで、医療ボランティアのリーダーを務めていた。

その時に、過激派グループとの関係があった可能性があり、一時、京都府警の警備部公安課にマークされていたという。

医学部六回生の時に婿養子となり、渡米。新潟で政策シンクタンクを主宰した後、衆議院議員となる。

ＭＩ５の報告書では、留学中にＣＩＡにスカウトされ、政治家として活動していた時も、現地工作員《アセット》として、良好な日米関係構築に尽力した——とあった。

「彼が主宰していたボランティア団体の『ホワイトクロス』も調べたか」

「彼らの活動を取り上げた新聞記事をいくつか見つけました。朝日《あさひ》新聞の記事が、一番詳しいです。何より、『ホワイトクロス』のメンバーの写真があります」

内村が見せた写真には白衣姿の若者が大勢写っている。その中央に、若き日の高畠陽一がいた。

内村が、一人の女性の顔を指した。

「この女、西園寺良子だと思うのですが」

4

家政婦の季枝が「ケリー安齋という方がお見えです」と声を掛けてきた。

高畠陽一が懐中時計で時刻を確認すると、約束より十分早かった。

今日の客——ケリー安齋は、友人でノーベル賞学者の宝田純志が「絶対に会って損はないぞ」と太鼓判を押す若者だった。

「応接へ通してくれ。それから、日下《くさか》に同席するよう伝えてくれ」

親友の日下憲太郎《けんたろう》は、長年、高畠の私設秘書を務めている。

行動優先の高畠と違って、日下は慎重居士《こじ》だ。時に暴走しがちな高畠を、日下は常に陰で支えている。

ケリーの訪問について、日下は、「いくら宝田の推薦とはいえ、過激な記事を連発しているメディアの代表となんか会うべきではない」と反対している。

今日も「本当に大丈夫か」と心配し、今からでもキャンセルしたそうな勢いだ。

「大丈夫も何も、東京からわざわざ来てくれるんだ。追い返すなんて失礼なことはできないよ」

その相手は、応接室で行儀よく待っていた。長身で手足が長い青年だ。

「メディア関係者には、お会いにならないと伺っていました。にもかかわらずお時間を戴《いただ》き、ありがとうございます」

香港人と英国人のハーフと聞いていたのだが、日本語はネイティブ級だった。彼のようにきちんと敬語が使える日本人の若者は、今どきどれほどいるだろうか。

「確か、香港から移住されたばかりと聞いたのだが、日本語がとても上手だね」

「嬉《うれ》しいです！　一生懸命勉強しました。先生、早速ですが、不躾《ぶしつけ》な質問をしてもよろしいでしょうか」

「遠慮なく、何でも聞いてくれ」

「高畠先生は、『ロスト7』のリーダーだったと伺ったんですが」

まったく予想していなかった質問に、高畠は動揺してしまった。

「安齋さん、いきなり何を言い出すんですか。今日は取材でお会いしているわけではありませんよ。あくまでもプライベートな面談ですよ」

すぐに日下が介入した。

「もちろん、そのつもりです。これは取材ではなく、単なる好奇心から伺いました」

「そんなデマを、誰から吹き込まれたんだね」

「本当にデマですか。僕は、間違いないと思っているのですが」

日下が立ち上がった。

「今すぐお引き取り戴けますか。失礼にもほどがある」

「じゃあ、日下さんが答えてください。なぜ、高畠さんは、我が子である総理を脅迫するんですか」

日下が、警備員を呼んでいる。

「あなたを、『ロスト7』の裏切り者だと言う人もいます。それで、攻撃されているんですか」

言い終わると同時に、警備員が部屋に飛び込んできて、ケリーを連れ出した。

5

冴木は、門前を内閣府に呼び戻し、「我がチームに正式なメンバーとして参加して戴けないか」と提案した。

門前は、最初は固辞した。

「もはや、自分は引退してから十年近く経っています。勘も働きませんし、記憶もおぼつかない。そんなロートルは、足手まといになるだけです」

だが、冴木は諦《あきら》めなかった。自分よりも年下で、しかも「蒼き狼」の捜査に当たった貴重な捜査官であり、今なお、先輩刑事である中原の消息を気にしている。

その執念を無駄にしたくない、と根気強く説得した。

渋々ではあったが、冴木の申し出を受け入れた門前に、冴木は「ホワイトクロス」の写真とルーペを手渡した。

「他は、どうですか」

「この写真に、知っている人がいますか」

「一番左端に写っているのは、西園寺良子ですね」

門前は丁寧にルーペを動かしている。

やがて、その手が止まった。

「中央の青年にも見覚えがある気がしますが」

冴木が、別の写真を示した。

「同一人物だと思いませんか」

「元副総理の高畠陽一？　この青年が？」

門前が首を傾げているので、メディアなどで公開されている若い頃の高畠の画像を見せた。

「あっ！　確かに同じですね」

「これは、京大医学生のボランティア団体である『ホワイトクロス』の写真です。この団体名に聞き覚えは？」

「はて……」

「では、西園寺が、関西で医療ボランティア団体の活動に参加していたのは、ご存じでしょう」

「冴木さん、私が担当したのは、夫の陵介の方です。良子については、『蒼き狼』以降の活動は、詳細に知っていますが、それ以前については把握できていないと思います」

　門前は如何《いか》にも申し訳なさそうに恐縮している。

「西園寺と高畠陽一が繋がっていたという情報を聞いたことは？」

「ありません。というか、高畠元副総理は、ガチガチの親米保守派では？」

「私もそう理解していました。しかし、あの時代、学生運動に気触《かぶ》れなかった学生はいません。彼もそういう一人だったとも考えられます」

　門前も同意するように頷《うなず》いている。

「『ロスト7』が脅迫している『高畠』とは、総理の父親である陽一氏ではないかと思いついて、ちょっと調べてみたんです」

　冴木は、内村が海外の諜報機関から得た情報を開陳した。

「それによると、陽一氏は学生ボランティア団体を主宰しただけではなく、過激派との接触も記録されています。それが、大亜重工ビル爆破事件の後に渡米し、そこでＣＩＡからスカウトされたと」

　高畠陽一とＣＩＡの関係については、ＳＩＳもモサドも把握していた。知らぬは、日本の内調ばかりなり、ということだ。

「それも知りませんでした。というか、ショックです」

　門前の表情がどんどん曇っていく。

「もし、『ロスト7』のターゲットが陽一氏だったとしたら、彼が『蒼き狼』の黒幕だったかも知れないと、私は考えています。こうなると陽一氏を任意で呼ぶしかない気もします。しかし、相手は元副総理というだけではなく、現職の総理の父上ですからな。簡単には引っ張れないんです。

そこで門前さん、もう一度、中原氏の行動を調べていただけませんか」

6

薫田から福岡に連絡が入り、これから新潟に向かうので付き合えと言う。

新潟に出張ってくる目的は、「会ってから話す」としか言わなかった。

JR新潟駅に近いホテルメッツ新潟の前で落ち合うことにした。

「まずは、飯だ。打合せもやりたいから、うまくて安くて、個室がいい」

会うなり、無茶を言われた。まだ午後四時前だ。ランチには遅く、夕食には早い。いい店は、どこも休憩している時間帯だ。薫田が望む条件を揃えるのは、無理にもほどがあるが、だめ元で行きつけの小料理屋に電話を入れた。

営業は午後六時からだが、「ありものでよければ」と引き受けてくれた。

福岡は、運転手に古町《ふるまち》に向かうよう伝えた。

「ちゃんと寝てるか」

「今日は、久しぶりに昼まで爆睡する予定でしたが、薫田さんの電話で叩《たた》き起こされました」

「なんだ、休みだったのか。悪かったな」

「因果な商売です」

「そんな発想や言葉、みんな昭和の遺物だろ。君は、生まれてくる時代を間違えたなあ」

「薫田さんも、人の事なんて言えませんよね？」

「俺の場合、事件取材が趣味みたいなもんだからねえ。でも、支局時代はサボりまくったよ」

枠に収まりきらない「無頼派記者」に、福岡は憧《あこが》れている。そんな記者の居場所は、現在のメディアには皆無だ。

新潟随一の繁華街で車を降りて、「越《えつ》」に向かった。

威勢のいい声で迎える店主に「無理を言ってすみません」と、福岡は詫《わ》びた。

「気にしない、気にしない」

刺身包丁を手にした主《あるじ》の声で女将《おかみ》が顔を出した。

薫田は「無理を申してすみません。自分は、福岡と同じ局の薫田と申します」と殊勝に頭を下げた。そして、「東京で一番うまい塩大福です」と言って、手土産を渡した。

福岡には薫田という人物がますます分からなくなったが、女将が喜んでいるので良しとした。

「いつもあんなものを持ち歩いているんですか」

「いや、ホントはおまえへの土産だったんだ。悪く思うな」

個室に落ち着くと、おしぼりを持って女将が入ってきた。

「仕事の打合せって言ってたけど、ビールでも飲む？」

「もちろん、戴きます！」

「私は、ウーロン茶で」と告げると「何だ、下戸か」と突っ込まれた。

「今どき、下戸なんて、死語ですよ。呑《の》めますけど、昼間はやりません。それより、新潟には、何しに来られたんです？」

「高畠への単独インタビューだよ」

「えっ！　総理がお国入りしているんですか」

「総理じゃない。『ロスト7』のターゲットは、父親の陽一だ」

そこにビールとウーロン茶が運ばれてきた。

「どこからの情報ですか」

福岡は、ウーロン茶をほぼ一気に飲み干して言った。

「もうすぐGJNが、そういうスクープを打つ。その前に、単独インタビューをするんだ」

「薫田さん、話を飛ばさないでください。そんな話は、初めて聞きます。というか、GJNのスクープを、どうして薫田さんが知っているんです？」

「ケリーに聞いた。奴としては、自分たちの大スクープを、日本の主要メディアに追認してもらうことで、価値を高めたい。それで、俺に相談してきた」

「どういうことです！　薫田さんは、GJNの大スクープをサポートしてるんですか」

「サポートじゃないよ。俺にできることをやるだけだ」

「お願いです。私に分かるように説明して下さい。GJNが、『ロスト7』のターゲットは高畠陽一だと断定する根拠は何なんですか」

バッドタイミングで、料理が運ばれてきた。

「お刺身の良いのがあったので、まずは、これを。新潟名物『南蛮エビ（甘エビ）』と『フナベタ（タマガンゾウビラメ）』です。刺身だから、お酒も用意する？」

「いえ、ビールとウーロン茶で大丈夫です」

薫田が刺身に見とれている間に、福岡は機先を制した。

「箸《はし》を付ける前に、根拠です！」

「それは俺も知らない」

「なのに、奴らのスクープを追認するんですか！」

薫田が美味《おい》しそうに南蛮エビを頬張っている。

「そんな睨《にら》むな。おまえも食え。滅茶苦茶《めちゃくちゃ》うまい」

「知ってます」

新潟の甘エビは絶品だ。だが、福岡にはそれは今、どうでもいい話だ。

「『ロスト7』事件で、あれだけのスクープを出しているGJNの記事だけに、世間は大騒ぎになるだろう。そして、皆が高畠に殺到する。だから、他社に先駆けて単独インタビューするんだよ」

確かに大スクープだが、ジャーナリストとして情けない。

「おまえ、去年、高畠が新潟を日本海側の首都にしようと言い出した時に奴にインタビューしているだろう」

「でも、あれは単なるローカルニュースのインタビューですし、さしたる反響もありませんでした」

「だが、高畠はおまえの取材を褒めていたそうだぞ」

確かに、後日、高畠から食事に誘われた。デスクから「光栄なことだから行ってこい」と言われて、古町の老舗《しにせ》の料亭でご馳走《ちそう》になった。

「とにかく、GJNのとんでもないスクープが出たら、自分が信頼しているジャーナリストに思いの丈をぶつけたいと思うはずだ。だから、これから高畠の家に行って、話を聞いてやるんだよ」

「冗談でしょ！　たった一度の取材で好印象を持った程度で、私にホンネを話すとは思えません」

「しゃべるさ。なぜなら、今の時点で、高畠が火だるまになるのを知っているのは、俺とおまえと、ケリーだけなんだから」

7

福岡がダメ元で取材を依頼したところ、高畠陽一は即答で快諾してきた。

自宅で待っているという。

十五分後にアップする予定のＧＪＮのスクープ記事は、「ロスト７」の真の目的は、日本の核武装阻止だというトーンで書かれている。

また、核武装は元々は、父陽一が主唱したもので、親子二代の宿願だったと言及。「ロスト７」は、それを阻止するために、核兵器を用いた脅迫を行っているのではないかと踏み込んでいる。

そして、ＧＪＮは、主張の裏付けを提示している。

まず、高畠がアメリカ留学から帰国した直後、独自の核武装論を展開した。その後、保守党で要職に就くようになると、主張を封印。ところが、現総理も、先進国の防衛として、核武装は常識という論文を発表している。

ＧＪＮでは、総理の留学時の指導教授にインタビューし、教授は「チハルの主張は、父親譲りで、周辺諸国の脅威になると批判されても、行うべきだと意志は固かった」と語っている。

実際、総理は政治活動初期、核武装の可能性に何度も言及しており、父親もそれを追認している。

さらに、GJNは、「ホワイトクロス」のメンバーで、「蒼き狼」の活動にも一時期参加していたという大学教授、和田宣彦《わだのぶひこ》から、重大な発言を引き出している。

和田は、高畠陽一こそ、「蒼き狼」の黒幕であると断定。「ロスト7」とは、大亜重工ビル爆破事件で、実行犯が一斉検挙されたために地下に潜った幹部たちの組織名なのだという。

「ロスト7」には、高畠だけではなく、西園寺良子も名を連ねていると、和田は証言している。

そして、「成田空港で、西園寺良子が逮捕されたのは、裏切り者である高畠陽一に圧力を掛けるためだ。『ロスト7』の他のメンバーは、核武装を止めるために、新潟原発至近に、スーツケース核の鞄を置き、西園寺を出頭させたんだ」とも言ったとあった。

それに加えてGJNは、アラビスタンのファキム大統領のコメントも掲載している。

「高畠千陽首相に、自国の承認を強く求めているのは事実だが、核兵器を用いて強要するような愚かな真似をするわけがない。

チハルは、亡き弟のフィアンセであり、自分にとっては実の妹同然だ。

もし、核兵器を仕掛けるなら、私は迷いなくDCを狙う」

ファキムは、そう言っている。

不穏な発言だが、説得力はあった。

そして、止《と》めが、GJN代表であるケリー安齋の高畠陽一への直撃インタビューだ。

ケリーは、「ロスト7」の脅迫対象は、総理ではなく高畠ではと問い詰めている。

高畠は激昂《げきこう》し、GJNが提案した釈明の機会を自ら放棄したと締めくくられている。

そのインタビュー映像も記事の最後にアップしていた。

記事と動画を観て、福岡は事件の全貌が見えた気がした。アラビスタン黒幕説は、アメリカ政府のでっち上げだと考えるのが妥当だった。

二人がカメラマンを連れて向かった、高畠が住む新潟市郊外の千坪の豪邸は四方が高い壁に囲まれていて要塞《ようさい》のようだった。

ここまで警戒する必要があるのだろうか、と呆《あき》れるような厳重ぶりだが、彼が「蒼き狼」や「ロスト7」と関係があるのなら、当然の防御なのかも知れない。

贅沢な調度品が並ぶ応接室に案内された。

そして、福岡は、GJNのスクープが出るが、反論をお願いしたいと告げた。

「過日、『ロスト7』と名乗る組織により、新潟原発の近接地に携行核兵器を運ぶ鞄が放置されているのが発見されました。その後、『高畠、約束を守れ』という主旨の脅迫文が送られて来ました。

メディアや国民の皆さんは、脅迫は、高畠千陽総理に向けられたとお考えになったと思いますが、あれは、私に宛てたものだったと思われます。

なぜなら、あの鞄が発見された日に、成田空港で逮捕された、大亜重工ビル爆破事件の主犯として逮捕・起訴されながら超法規的措置で海外逃亡していた西園寺良子被告が、私を逆恨みしているからです」

高畠は、冷静な口調で述べている。

とんでもない告白だった。

さすがに予想外すぎて、福岡の頭は真っ白になってしまった。

何を聞けばいいのか、分からない！

突然、薫田が収録を止めた。

「たった今、ＧＪＮで『ロスト７』の脅迫対象が、高畠さんだとする記事が、配信されました」

タブレットを高畠が受け取ったところから、カメラマンは、撮影を再開した。

高畠は、食い入るように記事を凝視している。

福岡は一言も発さず、じっと高畠が顔を上げるのを待った。その間、福岡もスマホで、記事に目を通した。

思ったより長時間、沈黙が続いた後、高畠は深いため息を漏らした。

「随分、誤ったことが書かれていますね」

「具体的には、どのあたりですか」

高畠に、動揺の色が見えないのが、福岡には驚きだった。

「西園寺さんが、『ホワイトクロス』に一時期参加していたのは、事実です。だが、『ホワイトクロス』と『蒼き狼』は、まったく関係がありません。ましてや、私が『ロスト７』のメンバーだったなど、何の根拠もない言いがかりです」

「和田宣彦教授と、面識がありますか」

「ええ。彼は新潟国際外交（ＮＩＤ）大学の元教授です。確かに『ホワイトクロス』に参加していましたが、問題が多く、除名処分になっています。その後、詐欺事件で逮捕され起訴猶予を受けたこともあるような人物です。

彼の証言は、当てになりませんよ。

また、西園寺さんが逮捕されたことで、私の秘密が暴露されると言いたげに書いてありますが、そんなものがあるなら、どうぞ暴露してください。後ろ暗いことは、まったくありません」

いつかこういう日が来るかも知れないと準備をしていたら、こんな風に堂々と反論できるのかもしれない。

実際のところ、突然、濡れ衣《ぎぬ》を着せられた人は、これほど堂々かつ冷静に反論できないものだ。

「高畠さん、一番、気になるのは、アメリカ政府は『ロスト7』の黒幕は、アラビスタンのファキム大統領だと断定しています。

なのに、なぜ、先程は脅迫は自分に向けたものだという別の話を語られたんでしょうか」

「総理は、アメリカからの強い要請に忖度《そんたく》したのでしょう。しかし、それが通用しなくなった。

ならば、正直に真実を申し上げるべきだと思った次第です」

*

早見がCIAの調査状況の報告に来た。それで冴木は、内村と三人で夕食を摂《と》ることにした。

その最中に、また厄介ごとが起きた。

GJNのニュースだ。

点滅する速報のロゴマークと共に、〝「ロスト7」のターゲットは、総理の父親！〟という見出しが躍っている。

記事では、活動時期のものらしい高畠陽一と西園寺良子のツーショットも掲載されている。

「高畠は、元々は、『ロスト7』のリーダーであり、『蒼き狼』の黒幕だったとまで書いているぞ」

早見が、スマートフォンを手に部屋を出て行った。

「あいつのスマホを盗聴しているか」

許可なく、日本のテロ対策のナンバー2の携帯電話を盗聴するなんて、もってのほかなのだが、早見は信用ならない。

内村は渋い顔で頷いた。

「あとで、聞かせてくれ。記事によると、GJNの代表であるケリー安齋は、高畠に直撃インタビューまでしているじゃないか」

「音声もアップしていますよ」

内村が再生すると、若い男性の声が流れた。

〝そんなデマを、誰から吹き込まれたんだね〟

〝あなたを、「ロスト7」の裏切り者だと言う人もいます。それで、攻撃されているんですか〟

「高畠をこれほど怒らせるとは。ケリーの素性はまだ分からないのか」

「モサドの知り合いは、ケリーは、英国のスリーパーじゃないのか、と推測していましたが」

敵地に潜入し、その国に同化して日常生活を送り、本国の工作官からの命令を待つスリーパーは、世界中の諜報機関が抱えているエージェントだった。

「私の人脈では、これ以上は無理です」

冴木も、さして人脈があるわけではないが、引退した「友人」はいた。

「分かった。そこは俺が確かめる」

その時、ＪＢＣが七時のニュースで、高畠陽一の単独インタビューを放送すると報告が入った。

あと二十分ほどだ。

「やけに手回しがいいな。まるで、ＪＢＣは、事前にＧＪＮのスクープを知っていたようじゃないか」

じっくり聞くことにしよう。

そこへ、早見が険しい顔で戻ってきた。

「今度は、なんだ？」

「十分ほど前に、アメリカ大使館で爆発があったそうです」

第七章　挑　発

1

アメリカ大使館での爆発の一報が入ったが、冴木はＪＢＣによる高畠陽一単独インタビューの視聴を優先した。

テレビが映し出す高畠陽一は、すっかり老いていた。

〝世間を騒がせている「ロスト７」のターゲットは、私だと思われます。

一部報道では私が四十六年前に発生した大亜重工ビル爆破事件の犯人である過激派の幹部だと報じていますが、それは事実無根ですが、西園寺良子さんは、私が学生時代に主宰していた医療ボランティアグループ「ホワイトクロス」のメンバーだったことがあります〟

高畠が、西園寺良子との関係を、あっさりと認めた。

〝西園寺さんは、当初は我々の活動に共感され熱心なメンバーでしたが、やがて、過激な実力行使こそ日本の貧困を救うと訴えて、我々から離れていきました。

そして、「蒼き狼」を名乗り、爆破テロに及んだわけです〟

「何かウソっぽいなあ」と内村が呟《つぶや》いた。

〝起訴後、西園寺さんは連合赤革軍によるハイジャックで超法規的に釈放され、海外に逃亡しました。その頃から「ロスト7」を名乗る人物から、脅迫めいたメッセージが私宛に届くようになりました〟

そして、今回のGJNの報道から、「ロスト7」が「蒼き狼」と関係があると知り、〝やはり、西園寺さんと関係のある組織だったのかと思った〟とも言った。

〝「ホワイトクロス」は、生活苦に喘《あえ》ぐ低所得者が適正な医療を受けられることを目的として活動しました。それだけに、西園寺さんらは弱者が切り捨てられるのを政治が見過ごしてしまっていることに怒り、私がかつて掲げた理想を今こそ実現せよと訴えているのではないでしょうか〟

そして、高畠がテロリストであるかのような報道をしたGJNの代表ケリー安齋と社を名誉毀損《きそん》で告訴する予定だという。

よくもこんな与太話を、堂々と話せるな。

そもそも今まで高畠宛に届いていた脅迫状が、青田稲荷の事件以来官邸のウェブサイトに送られるようになった理由をどう説明するんだ。

突然そこで速報が入り、アメリカ大使館前の中継に切り替わった。

〝今日、午後六時二十九分ごろ、東京都港区《みなと》赤坂《あかさか》の在日アメリカ大使館で、爆発音と共に大使館東側から火の手が上がりました〟

記者の背後に映る大使館の建物に甚大な被害があったようには見えない。

「アメリカ大使館爆破テロをどう見ますか」

早見と共に公用車に乗ると、すぐに尋ねられた。

「情報が少なすぎて、分析できんな。過去の事件と比べれば、ボヤ程度にしか見えない。それをテロと呼ぶべきなのかとも思う」

テロとは壮絶な実力行使だ。一九九八年、同日同時刻にケニアとタンザニアのアメリカ大使館が、アル・カイダ系のテロ組織に爆破され、死者は合わせて二百二十四人、負傷者は五千人以上に及んだ。

「負傷者は現在確認中ですが、死者は出ていないようです」

メディアには伏せているが、既にアメリカ大使宛に、「ロスト7」から犯行声明文が届いているらしい。

しかし、これまでの三件の事件と、アメリカ大使館の事件では、共通点は皆無に近い。

テロリズムの本質が、国家という存在を揺るがし、国民を恐怖に陥れるための威嚇行為だとすれば、新潟の二件はその目的を達成しているといえる。

しかも、誰も傷つけずにだ。

ところが、今回のアメリカ大使館の爆破事件は、そもそも「爆破」とは到底言い難い。

横須賀基地にドローンで信管が届けられたが、声明文は、官邸のウェブサイト宛だった。

ところが今回の犯行声明文は、アメリカ大使宛だという。

今回の事件は、犯人が「ロスト7」を名乗っているからこそ繋《つな》がって見えるが、それ以外に共通項がない。

にもかかわらず、早見の話では、アメリカは「ロスト7」に攻撃されたと断定しているらしい。

この短時間で、そこまで断定できる決定的な証拠を、既にアメリカは握っているということなのだろうか。

冴木には、そうは思えなかった。

だとすれば、アメリカの前のめりの態度は、要注意。

ヤツらに巻き込まれてはいけない。

長年、アメリカという「厄介な国」のインテリジェンスの窓口を務めてきた冴木の脳内では、アラートが鳴り響いていた。

2

「明日は、ニホンミツバチの養蜂《ようほう》体験がありますが、その前に少し予習をしましょう」

夕食後に談話室で研修生らへのレクチャーが始まった。陽子らはこれまでセイヨウミツバチの養蜂を学んできた。だがニホンミツバチは、セイヨウミツバチとは随分と生態が違うらしい。

「ニホンミツバチとは、日本の固有種です。セイヨウミツバチは、ハチミツを採取するために品種改良されていますが、ニホンミツバチは、野生。セイヨウミツバチとは生態や性質が少し違います。

一例を挙げると、ニホンミツバチは天敵であるオオスズメバチに巣を襲われると、オオスズメバチに群がり、蜂球を作ります。これは、オオスズメバチを完全に包み込み、ニホンミツバチは激しく羽ばたきます」

「体温を上げているんですよね」

陽子が言った。

前に綾子が教えてくれた。

「ハチの体温が上昇すると蜂球内の温度も上昇します。ミツバチが耐えられるぎりぎりの四十六度から四十八度の高温まで上げて、オオスズメバチを蒸し殺すんです」

「この様子を見ていると私は泣けてくるんだよ」

振り返ると、蜂谷がいた。

「集団が力を合わせれば、強い敵に勝てるという構図は、感動しますね。そして、この戦いに参加したミツバチはまもなく力尽きて死んでしまう。その自己犠牲というのに、私は堪《たま》らなく感動するんです。こうしたアリやハチなどの社会性昆虫を観察するたびに、人間という生き物について考えてしまう。全ての生きとし生けるものの目的は種の存続です。人類で考えるなら、未来の担い手である若者を大切にする精神だと言えます。

ですが現代社会は、強欲で往生際が悪い。

皆さんは、ぜひ自分たちが社会をひっぱるぐらいの気概で突き進んで下さい」

談話室のドアが開き、みどり夫人が顔を覗《のぞ》かせた。

「陽子さん、ご家族の迎えの方がいらしています。大至急、荷物をまとめて玄関ロビーに来て下さい」

3

福岡は、局の副調整室で、呆然《ぼうぜん》とテレビ画面を見つめていた。まだ、高畠の重要な発言が残っている最中に、臨時ニュースが差し込まれた。

苦労して撮った大スクープ放映中に、割り込むなんて！　と怒るはずが、ニュースの内容に衝撃を受けてしまった。

アメリカ大使館で、爆破テロって、どういうこと⁉

隣では、薫田が、スマートフォンを握りしめて厳しい口調で誰かと話している。大使館爆破事件に関連しているようだ。

「とにかく、被害規模をしっかりと把握しろ。それと、大使館が『ロスト7』の関与をほのめかしているなら、根拠まで確認しろよ！」

薫田は電話を切るなり、福岡の名を呼んだ。

「九時のニュースまでに、もう一度、高畠陽一からコメントを取れ」

「なぜですか。アメリカ大使館爆破事件は、高畠さんと関係があるんですか」

「『ロスト7』が攻撃したという噂が流れているらしい」

「デマでは？」

「俺もそう思う。だが、まさかの時のためだ、そういう噂をどう思うか、高畠に尋ねろ」

「そんなデマについて、高畠さんが答えるとは思えませんが」

「それは、おまえが決めることじゃないだろ。とにかく連絡を取れ」

　薫田は、荷物をまとめている。

「薫田さんは、どちらへ」

「俺は東京に帰る。ケリーから情報を取る」

　天下のＪＢＣの敏腕記者が、ネットニュースの社主に情報提供を求めるなんて、恥では？

という言葉は呑《の》み込んだ。

　薫田は、副調整室を出て行った。

4

　迎えのワンボックスカーには、季枝がいた。

「お祖父《じい》様の身辺に危険が迫っているそうです。ですから、あなたを安全な場所にお連れします」

「お祖父様？　母じゃなくて？」

「ニュースをご覧になっていないのですか」

「ロスト７」のターゲットは自分であると祖父がテレビで言ったのだという。

「既にお屋敷に大挙してマスコミが集まりつつあります」

　つまり、ただならぬことが起きているのだ。対向車のライトが季枝を照らした。いつもは髪で隠れている頬の傷が見えた。

　車は、山道を進んでいる。

「それで季枝さん、私たちは、どこに向かっているの？」

季枝は答えなかった。

5

大使館に到着した冴木と早見は、別棟に案内された。

そこには、CIA東京支局長のソンダースが待っていた。

「倉庫で爆発が起きましたが、死傷者はいません。既に鎮火しています」

とはいえ相当に厳重な警備であろうアメリカ大使館に、爆弾を仕掛けたというのは、一大事だ。

「アメリカ大使宛に『ロスト7』を名乗る組織から犯行声明が届きました」

実物を見せてほしいと頼んだが、「国家機密」を理由に拒否された。

「さらに〝レベジの核〟の部品とおぼしき物が発見されました」

CIAのクリストファー・キャメロンとジェニファー・ブラウンが入室してきた。二人とも表情は硬い。

「三十分後に大使が記者会見を開き、今回のテロ行為は、高畠総理を脅迫している過激派集団による犯行の可能性が高いこと、さらに、彼らはテロ国家であるアラビスタンとの関係が強いことを発表します。高畠総理からも、同様の声明をお願いします」

「爆破事件の犯人が、『ロスト7』であるという証拠が出たんですか」

「我々が確認したのです。あなたがたにお見せする必要はありません」

「声明文や証拠を見せていただけないなら、私は総理に助言しません。私たちに知られたくないことがないなら、全ての情報を開示して下さい」

ブラウンが何か耳打ちすると、キャメロンが部屋を出て行った。

「官邸に送られてきた『ロスト7』の声明文ではアラビスタンに一切言及していません。したがってアラビスタンへの制裁について日本が同調するのは無理ですな。

教えて下さい。どんな証拠があって、今夜の事件をアラビスタンと繋げるんですか」

ブラウンがノートパソコンのキーボードを叩《たた》くと、音声が流れてきた。

〝ハイ、チハル。なぜ、私の頼みに応《こた》えてくれないんだ〟

その声はイブラハム・ファキムではないのか。

〝えっ、どなたですか〟

〝もう忘れたのか。君の義兄《あに》、サイードだよ。チハル、私は君の勇気を疑ったことはない。だが、君が背負っているニッポンという国は、リーダーの動きをがんじがらめにすると聞いている。だから、君の背中を押すためにこれから、実力行使に踏み込む。後に続いてくれよ〟

そこで音声は切れた。

「大使館が爆破される十分前に、総理の携帯電話にかかってきたものです」

総理はまだ、携帯電話を変更していなかったのか！

「ブラウンさん、総理の携帯電話は傍受しないとお約束いただきましたよね」

早見が、強く抗議した。

「これは、我々が傍受したわけではない」

NSAの行為に、CIAは責任を負わない——と言いたいわけだ。

「それはともかく、音声解析の結果、男はファキムであり、女性は、貴国の総理大臣だと確認済みです」

キャメロンが戻ってきて、何枚かの紙を渡した。

「これが、大使宛に送られてきた声明文の一部始終です。一方の〝レベジの核〟の部品については、現在、分析中なので、この写真で確認して下さい」

声明文は、英文で記されていた。

高畠総理は、一刻も早くアラビスタン共和国を国家として承認せよ。さもないと、次は東京で核兵器を爆破する——とある。

やけに具体的だった。

大使館で起きた爆破騒ぎも犯行声明文も、今までの「ロスト7」のやり方とは、符合しない。

「犯行声明文が英語なのはどういうわけだ？」

「在日アメリカ大使館に送られてきたんですよ。当然では？」

この爺《じい》さんは耄碌《もうろく》したのか、とブラウンは言いたげだ。

「いや、お嬢さん、当然じゃない。今までのメッセージはすべて日本語で送られていたんです。そうすると、同一犯じゃないかもしれない」

「犯行声明文は、相手が分からなければ意味がない。我々に伝えたいなら英語が当然です」

「奴らは、日本語で首相官邸に脅迫文を送ってきているんだ。なのに、なぜ、今回だけアメリカ大使館なのか。それも大いなる疑問だな」

第一、この犯行声明文は、アメリカについて、まったく言及していない。

「私も不可解だと思います」

早見が口を開いた。

「それは、彼らを検挙した時に聞いて下さい。ファキムが、高畠総理に攻撃を予告しているんです。それで充分でしょう。そんなボケた質問はやめて下さい」

冴木は、日本のメディアが「ロスト7」の標的は高畠陽一だと報じ、本人もそれを認めたと伝えた。

だが、ブラウンは「それは誤報だ」と言って耳を貸さない。

ブラウンがむきになって冴木の意見を潰《つぶ》したことで、彼らへの不信はさらに深まった。

「まずはみなさんに『ロスト7』を捕まえてもらおう。そうすれば、全て問題が解決する。それと、〝レベジの核〟の部品という写真だが、これは何だ」

「バッテリーだそうです、大使宛に送られてきたんです。差出人はでたらめです」

「これが〝レベジの核〟のバッテリーだと特定できる根拠は？」

キャメロンが、別の写真を見せた。物体の底面を撮ったもので、そこにキリル文字と数字が刻印されていた。

「我が国が保有している〝レベジの核〟にも、同様の刻印があります。キリル文字と共に印《しる》された数字はシリアルナンバーだと思われます。新潟で発見された鞄《かばん》にも、同様のキリル文字と039という数字が刻印されていました。さあ、我々としては最大限の誠意をお見せしました。冴木さん、もう時間がありません。高畠総理に御連絡戴《いただ》き、『ロスト7』は、ファキムが指揮するテロ集団だと伝えて下さい」

その時、冴木の携帯電話が振動した。

〝高畠陽一が、消えました〟

珍しく新見が動揺している。

「消えたとは？」

〝事情聴取のために連絡を取ったのですが、音信不通なので、所轄の刑事に自宅を訪ねさせたんです。すると、使用人しかおらず、行き先も告げずに出て行ったそうなんです。しかも、秘書の日下と家政婦も一緒です〟

「彼は、都内にも家を持っていたはずだな」

〝そちらにも電話を入れたのですが、留守番しかおりませんでした〟

ＪＢＣには、出演したのに、どういうことだろうか。

「確か孫娘が同居していたのでは？」

〝新潟市郊外の養蜂場の体験合宿に参加しているということで、そちらに問い合わせたところ、家政婦が急用があるからと連れ出したそうです〟

確かに「消えた」のかも知れない。

それは、高畠が「ロスト７」事件に大きく関与していることの証《あかし》でもあり、身の危険を感じたから「逃げた」のではないか。

「新見さん、もう一人捜して欲しい人物がいます。ＧＪＮに登場していた和田宣彦教授です」

〝和田も、行方不明なんです。あそこまで踏み込んだことを言っているので、しっかりと話を聞きたいと思っているんですが〟

そこで、早見がメモを差し出した。大使から話があるという。

トーマス・ホイットニー駐日アメリカ全権大使は、駐日大使としては珍しく元軍人という経歴だった。そこに意味があるのかは、定かではないが、対面した時、融通はきかないと覚悟して臨んだ。

挨拶《あいさつ》と労《ねぎら》いの言葉があった後、ホイットニー大使は、すぐに本題に入った。

「日本の核武装遂行のためには、『ロスト7』の騒ぎは、一刻も早く終わって欲しいというのが、アメリカの意向です。

したがって、『ロスト7』はアラビスタンによる脅迫という落としどころで、決着して戴きたい。それは、貴国の総理も了解しています」

だったら、なぜ俺をわざわざ呼び出したんだ。

「あなたについて様々な噂は聞き及んでいます。おそらくは、そんな解決は不服でしょう。しかし、ここは日米関係強化のために、呑み込んで戴きたい」

「大使、私は一介の年寄りに過ぎません。そんな高度な政治問題に口出しは致しません」

6

蜂谷養蜂場から山道を走り続けた車が、コテージの前で停止した。

敷地内では、数頭の大型犬が警戒するように耳を立てている。車から降りる時も、警備員が安全を確認するまで、ドアが開かなかった。

その物々しさに緊張しながら、陽子は足早に建物内に入った。

「ああ、陽子、無事で良かった」

祖父は、安堵《あんど》の表情で出迎えてくれた。

「お祖父様、何が起きているんですか」

「まだ、何も起きていないんだ。でも念のため、テロリストの襲撃を避けるために、ここまで来てもらったんだ」

「お祖父様が狙われるような理由があるの？」

「そんなものは、何もないよ。念には念を入れただけだ。今日は、もう遅いし、疲れているだろう。詳しい話は、明日にしよう」

祖父はそう言い残して、日下と部屋に消えた。

ずっと控えていた季枝が、陽子を二階に案内した。

「季枝さん、ここは、どのあたりなの？」

「長野県境です」

「ここには、来たことがないと思うけど」

「昔は、よく避暑で来ていました。今はめったに使わないところなので、ご存じないのだと思います」

部屋に案内されたところで、季枝から、スマートフォンを差し出された。

「今、何が起きているのかを、お知りになりたければ、このスマホを開いてください。そこに答えがございます」

それだけ言い残して、季枝は部屋を出て行った。


〝あなたのお祖父様についての情報です。ときえ〟

陽子が、スマートフォンのロックを解除すると、そのメッセージは現れ、ダウンロードが始まった。

やがて、モノクロの映像が流れた。

建物の二、三階あたりから撮影しているのだろうか。眼下に見える道路脇に駐車している自動車はレトロなフォルムだし、通行人のファッションも、古臭い。

突然、カメラの前の窓が激しく揺れた。

そして、凄《すさ》まじい横殴りの風が吹き、歩行者をなぎ倒した。

〝一九七九年八月二十三日――暑い夏の昼下がり、事件は起きました。
耳をつんざく爆発音の後、半径三十メートル圏内のビルの窓ガラスが全て割れ、ビル内の人だけではなく、歩道を歩いていた人たちも巻き込んで死者二十三人、重軽傷者三百四十九人に及ぶ大惨事となりました。

大爆発から三時間後、「反米アジア戦線　蒼き狼」を名乗る過激派グループから犯行声明が出されました。

彼らは、
①アメリカ隷属からの独立
②急速に進む弱者切り捨て社会からの転換
③戦前から続く東南アジアに対しての強権的な行為の中止と謝罪――

を求めていました。

そして、事件から約三ヶ月後の十一月二十一日、冷たい雨の日、実行犯七人が、一斉に逮捕されました。

逮捕されたのは、グループの代表である会社員、西園寺陵介（二七）、妻で会社員の良子（二七）ら、近所での評判も良い勤勉で穏やかな暮らしをしていた者たちでした。

西園寺良子は東京大学医学部の学生時代、釜ヶ崎などで医療支援活動を行う医療ボランティアグループ「ホワイトクロス」に所属していました。

「ホワイトクロス」は、京都大学医学部の学生が中心となった団体で、代表は高畠陽一でした。

彼らは、革命家チェ・ゲバラに心酔しており、「社会という病巣を治さなければ、貧困や格差は終わらない」などと訴えていました。

彼らの行動の根底にイデオロギーはなく、高度経済成長によって弱者を切り捨て、アメリカへの隷属を推進していた政財界への糾弾だけが目的でした。

そこで、高畠らは、より過激な実力行使の必要性を強く感じ、武力部隊として「反米アジア戦線　蒼き狼」を結成、西園寺良子がリーダーに就きます。

西園寺は拠点を東京に移し、志を同じくし、実力行使の必要性を感じていた陵介らを巻き込み活動を始めました。

そして、原子力発電所や米軍基地、大亜重工といった彼らが「敵」と目する相手をターゲットにしたのです。

大亜重工ビル爆破事件は、失敗でした。仕掛けた火薬の量が多すぎました。また、ビルの警備室に爆破予告の電話を入れたのですが、予告から爆破までの時間が短すぎたため、ビル及び通行人の避難が遅れたのです。

「蒼き狼」は、多くの市民を殺傷するようなテロ行為を想定していませんでした。テロに至らないギリギリの破壊活動を受けて、「ホワイトクロス」が、「これは、高度経済社会の犠牲になった人々の心の叫びだ」と訴えようという作戦だったのですが、この失敗によって、水泡に帰してしまいました。

そこで、高畠ら幹部は、警察に実行犯の情報をリークし、「ホワイトクロス」に捜査の手が伸びるのを防ごうとしました。そして、改めて彼らの革命が実現する日を期そうと考えたのです。

西園寺良子を除く「蒼き狼」のメンバーは皆、黒幕の存在を知りませんでした。

彼らは自分たちの意志で実力行使に及んだと信じていました。

事件の責任を実行犯に押しつけた「ホワイトクロス」は地下に潜伏することを決めました。

その地下に潜伏した幹部を「ロスト7」と呼んだのです〟

そこまで一気に読んだ陽子は、気分が悪くなった。

陽子はノートパソコンを起動させると、「ホワイトクロス」「蒼き狼」「大亜重工ビル爆破事件」をそれぞれ検索した。

「ホワイトクロス」については、〝X〟でトレンド入りしていた。その団体が実在し、七〇年代、関西を拠点に医療ボランティア活動を行っていたこと、そして、その代表が祖父であったのも間違いないようだ。

続く「蒼き狼」と「大亜重工ビル爆破事件」についても、多くのデータがヒットした。

だが、ネットで全く見つけられない重大な点がある。

「ホワイトクロス」と「蒼き狼」が同根の組織であり、祖父はその両方に関わっていたことだ。

そして、「ロスト7」の謎についても、スマートフォンの文書ではあっさりと記されているが、それを裏付ける情報は見つけられなかった。

それより、このメッセージを仕込んだ〝ときえ〟とは季枝のことだろうか。彼女は、どうしてこんなに祖父や「ロスト7」について詳しいんだろう。

7

〝西園寺良子の話をします。

彼女は、「ロスト7」の一人でありながら、爆破事件の実行犯でもあります。「蒼き狼」が一斉検挙された時、夫、陵介らと共に逮捕されています。しかし、その後、イスラマバードで起きた連合赤革軍によるハイジャック事件の時に、超法規的措置を受けて釈放。海外に逃亡し、現在まで行方不明でした。

西園寺良子は高畠の命を受け、実働部隊の監督役として「ホワイトクロス」の幹部の中でただ一人、実行犯に加わりました。

それは、彼女の独断による行動ではなく、「ホワイトクロス」の幹部会で決定し実行されたものです。ただし、計画では、死者を出さないはずでした。

西園寺良子が、後に赤革軍によるハイジャックで釈放されたのは、「ロスト7」のメンバーが赤革軍幹部と交渉し、彼らが応じたからです。

その後、西園寺良子の行方が分からなかったのは、彼女も国外逃亡した時に、他の「ロスト7」同様、身分を隠し、地下に潜伏したためです〟


その記述の後に、一枚の写真が現れた。

そこには、学生時代の祖父が写っている。さらに陽子は、別の知り合いを見つけた。今はすっかり白髪になっているが、若々しい姿の宝田純志が祖父の隣で笑っている。それ以外の人物は、似ている人を知っている気もするが、定かではない。

陽子は、写真に写っている男女の人数を数えた。合計で七人いた。

もしかすると、これが「ロスト7」のメンバーなのではないだろうか。

文書は、さらに続いている。


〝写真に写っている七人こそが、「ロスト7」のメンバーです。

「ロスト7」が、仲間の高畠陽一を許さないのはなぜだと思いますか。

彼は政治のほぼ頂点に達しながら、アメリカにこの国を売り渡し、資産家のために便宜を図り、日本人を無気力で闘争心を持たない堕落した人間にしたのです。

その落とし前をつけるべき、と雌伏していた仲間が立ち上がりました〟

やがて「ロスト7」という赤い文字が画面に浮かび上がった。

そして、新たな文書が現れた。

そこに記されている文言を、陽子は三度読んだ。

信じられないことばかりが書かれてあったからであり、尊敬する祖父と母の二人が、日本に核兵器を配備することを推し進めようとしている、とあったからだ。

太平洋戦争終結以降、日本は平和憲法を掲げ、愚直に戦争放棄と専守防衛を貫いてきた。ウクライナやパレスチナで続く悲惨な軍事行為に心を痛めながらも、日本に生まれた自分は、幸運だと感じていた。

そして、唯一の被爆国である日本が平和を訴えるのは、他国にはけっしてできない尊い主張だと思っていた。

なのになぜ、日本が核兵器を持たなければならないのか。

しかも、その理由が、「アメリカに命令されて」とある。

どうして？

そんなことを命令する権利が、アメリカにあるのか。

季枝は、何を私に訴えたいんだろうか……。

そう思いながら、読み進めていくと、その答えを見つけた。

〝こんなニッポンは、おかしいと思う一方で、一人じゃ何もできない、と諦《あきら》めていませんか？世の中を変えたい、良くしたいという思いがあれば、第一歩を踏み出してみる。たった一人の思いが、人類の歴史を変えてきました。

陽子さま、あなたの第一歩は、世の中にインパクトを与える重要な一歩になります〟

第八章　攻　撃

1

午前二時三十分から総理が声明を出すと聞いて、直前、戸樫は総理執務室に押しかけた。

「アメリカ大使館爆破事件について、声明をお出しになると伺いました。総理、どうか思い止《とど》まっていただけないでしょうか」

だが高畠は拒否した。

「では、アメリカ大使館爆破が『ロスト7』の犯行だというのだけは、けっして口にされませんよう」

「分を弁《わきま》えなさい。これは、高度に重要な外交問題です。あなたが、とやかく言う筋の話ではない」

「アメリカは、これを口実に、アラビスタンに攻撃を仕掛けるそうです。つまり、日本の総理自らが戦争の引き金を引くことになります。総理、アメリカの横暴に加担しないで下さい。そんなことをすれば、あなたの政治生命は終わります」

ノックがあって、官房長官の秘書官が姿を見せた。

「総理の声明文を受け取りにあがりました」

高畠が文書を手にした途端、その手首を、戸樫が摑《つか》んだ。

「総理、声明を発表されるなら、こちらの原稿でお願いします」

戸樫は、背広の内ポケットから紙片を取り出した。

〝昨夕発生したアメリカ大使館爆破事件について、一部情報では「ロスト7」による犯行とされているが、確たる裏付けが得られていない。

日本政府としては総力を上げて真相究明を行う所存である〟

「ふざけたことを。アメリカ大使館では、〝レベジの核〟の一部も発見されている。それは充分すぎる物証でしょ。それに、『ロスト7』の黒幕はアラビスタン大統領であると発表すれば、私たちは核武装の準備に専念できる。それは、あなたも承知しているでしょう」

「しかし、『ロスト7』がファキム配下のテロ集団だと認めれば、総理はファキム氏から脅迫されたというデマを、認めることになります」

「携帯電話の会話については、不確定要素が強いから、物証とはみなさない。不快な思いをさせて申し訳なかったと、アメリカ大使も謝罪している」

「だったら『ロスト7』がファキムのテロ集団であるという裏付けもなくなりますね」

「アメリカ大統領の〝命令〟に背けばどんな報復が待っているか、あなたも分かるでしょう」

「そんなものに屈するんですか。総理は就任に当たり、アメリカとは程良い距離を保つと宣言されたではありませんか」

「予定通りの声明を発表して下さい」

2

高畠陽一は独り応接室で、ブッシュミルズを呷《あお》っていた。「IRAが破壊活動に挑む時酌み交わした」というエピソードを持つ「革命の酒」は、若気の至りあるいは無鉄砲な情熱の味だ。我が娘は遂《つい》にやってのけた。

自分では到底果たせなかった悲願——。核武装実現に着手したのだ。

声明を発表した直後、アメリカ大統領特別補佐官のデイブ・マッキンタイアから称賛の電話がきた。

〝日米蜜月《みつげつ》の時代が、再び始まりますよ、ヨーイチ〟

だが、メディアの反応は鈍い。

どう考えても辻褄《つじつま》が合わないからだ。

しかも、高畠自らが「ロスト7」に長年脅迫されていたと、JBCのインタビューで告白してしまった。

〝あれは、まずかったですね。どうか、お嬢さんの偉業を穢《けが》さないように。しっかりと後始末をお願いしますよ〟

電話の本当の理由は、そっちだったと気づいた。

本物の「ロスト7」は、脅迫を止《や》めないだろう。

それを阻止するだけではなく、闇に葬らなければならない。

幸運なのは、警察もインテリジェンス機関も、「ロスト7」については、手がかりをほとんど摑んでいないであろうことだ。

一方、高畠は、地下に潜った「ロスト7」を目覚めさせた首謀者に心当たりがある。

良子か服部剛《つよし》だ。

「ホワイトクロス」の武力闘争計画の発案者だった服部はいつもシンプルかつ明解な作戦で勝負に出た。

現状の計画は手が込みすぎている。

とすると、首謀者は、良子しかありえない。

高校時代から学生運動に参加した良子は、戦略に長《た》けた女性革命家として名を揚げた――。

恋人でもあった良子に負けじとばかりに、高畠も革命による国家転覆を計画したこともあるが、それがどこまで本気だったかは、自分でもよく分からなかった。

一方の良子は、都内で別の過激派集団を組織し、次々と爆弾テロを実行し、遂には大亜重工ビル爆破というとんでもない事件を起こしてしまった。

――私は狼煙《のろし》を上げたわよ。次は、あなたの番。

彼女は本気で、アメリカからの真の独立の実現を目指していた。

だが、結局、良子は逮捕され、高畠は渡米し、非暴力的な革命を目指した――。帰国後は、いち早く表舞台に返り咲き、政界の階段を上り詰めた。

独立だけが自由への道ではない。アメリカという大国の懐に入り、自由の枠を広げることも、目指すゴールは同じだと信じて、国政に尽くしてきた。

にもかかわらず、かつての仲間たちが牙《きば》を剝《む》いてきた。

俺は裏切り者なのか。否《いや》、大人になっただけだ。実現不可能な妄想を捨て、最良の結果をもたらしたのだ。

高畠は、グラスに残ったブッシュミルズを呑《の》み干して立ち上がった。

＊

寝室で灯《あか》りを点《つ》けようとして、高畠は手を止めた。

侵入者がいた。

聞き覚えのある声だ。

「手荒なことはしない」

「剛……か。どうしていた？」

「何とか生きているよ」

「これは誰の案だ。『ロスト７』を名乗り、官邸を脅迫しているのは、一体誰なんだ」

「そんなことを思いつくのは一人だけだ」

「やはり、良子か……」

「それより、早く約束を果たしたほうがいいぞ。さもないと、日本で三度目の核爆発が起きる」

「だが、私は、約束に心当たりがない」

「それは、聞き捨てならないな、陽一」

「別にふざけているわけじゃない。本当に分からないんだ。俺はおまえらに何を約束したんだ。機が熟したら蜂起《ほうき》する――。それを約束と取っているのか」

服部は静かに立ち上がった。

「じゃあ、しっかり考えて思い出すことだな。期限まで、あと二日だ。それまでに、社会に向けておまえとバカ娘の二人は、俺たちとの約束を果たすんだ」

「期限が過ぎたらどうなる？」

服部が、高畠の右手首を握った。高圧の電流が流れたような気がした直後、高畠は意識を失った。

3

誰かに頬を触れられて、陽子は目を覚ました。

季枝だった。

「お渡ししたものは、すべてご覧になりましたか」

頷《うなず》いた。

「まだ、お祖父《じい》様と一緒にいたいですか。それとも、お祖父様を制裁しますか」

「あなたは、制裁する人なの」

「そうです。陽子さま、いかがなさいますか。陽子さまがお望みならお連れ致しますし、お祖父様といらっしゃるのであれば、それも結構です」

「私も一緒に行く」

冴木が早朝に目覚めると、「必見！」と題したメールが内村から来ていた。

〝ニューヨーク・タイムズのスクープのようですが、妙です。背景を調べていますが、すごく嫌な政治臭がします〟

添付されていた記事を開く。

＊

アメリカとの関係が悪化している中国で、「台湾防衛」、さらには対米戦を想定した新たな防衛構想が、極秘裏に議論されていることが、中国消息筋への取材で分かった。

その議事録によると、米国に加え日本を仮想敵国とし、新潟原発、青森県六ヶ所村《ろっかしょむら》のプルトニウム保存地区、福井県内原発施設の三カ所を核の標的に設定した――とあった。

すぐに内村に詳細を確認した。

〝まだ、裏付け確認中ですが、ペンタゴンではなく、国家情報長官《DNI》あたりが発信源のようです〟

DNIは、米国内十六の情報機関を統括する責任者だ。その権限は、CIA長官を凌駕《りょうが》し、大統領に意見を直接具申する補佐官的な存在であった。

「つまり、これはホワイトハウスの意向だな」

〝中国は、即座に猛反発しています。報道官は、「アメリカは、正気を失った。日本に核武装を強要しただけではなく、我が国の軍事政策について、とんでもないウソを発信している。中国は、日本の原発施設を攻撃目標にしたことなど、過去に一度もない。未来についても、同様だ」と厳しい口調で非難しています〟

冴木もまったく同感だった。

〝それから、英国のガーディアンのオンラインニュースが、興味深い記事を掲載しています〟

同紙は、「ロスト7」と称するテロ集団の真の目的は、日本の核武装阻止ではないかと複数の専門家が指摘している、と述べている。

複数の専門家には、日本のジャーナリストと、欧米の著名な軍事評論家の名もあった。

さらに、ガーディアンは、日本の官邸にコメントを求めたが、「ノーコメント」と回答されたらしい。

「素晴らしい記事だな。日本のメディアも見倣ってほしいものだ」

とはいうものの、英国のリベラル紙が、日本の事件について、深掘りしたのが気になった。

「こんな記事が、ガーディアンに掲載されたのに違和感がある。どういう経緯で、掲載に至ったのか知りたい」

内村は、「一、二時間ください」と返した。

4

午前九時から行われる知事の緊急会見のために、福岡は県庁に向かった。NYTのスクープについての見解を述べるのだという。

新潟原発が、中国の核攻撃の標的にされている——という衝撃的なニュースにもかかわらず、地元では何一つ手がかりがない。メディアのみならず警察本部も途方に暮れている。

だが、アメリカ屈指の新聞が報道した衝撃の事実だけに、知事としてはコメントせざるをえないだろう。

県庁は、県警本部ビルと同じ敷地内にある。徒歩で移動しながら、福岡は薫田に電話を入れた。

呼び出し音を二十回以上数えたところで、ようやく相手が出た。

「まだ、お休みでしたか。福岡です」

〝ニューヨーク・タイムズのせいで、さっきまで起きてたんだ〟

「その記事を受けて、知事の会見がまもなく始まるんですが、何か、ネタはありませんか」

〝アメリカ政府筋が意図的に情報を流したようだ、ぐらいだ〟

「意図的？　何が目的なんですか」

〝分からん。中国は即座に全否定して遺憾の意を表したが、かえって信憑《しんぴょう》性を高めたという説もある〟

つまり、記事は真実なのか。

〝官邸は沈黙を守っているらしい。自衛隊の情報本部のネタ元に確認したが、こちらも厳しい箝口《かんこう》令が敷かれている〟

「黙《だん》りを決めこんでいるなら、当たりですかね」

〝俺は、アメリカの罠《わな》だと思っているがね。まあ、知事がどう発表するか楽しみだ。いっそ高畠陽一に聞いてみるか？「ロスト7」の脅迫が日本の核武装阻止が目的だと判明して、アメリカが慌てているのかもしれんからな〟

「ダメ元で、連絡してみます」

県庁に到着したと同時に、高畠陽一から着信があった。

〝実は、今朝のＮＹＴの記事についてお話があるんです〟

「私も、それで御連絡しようと思っておりました。何か、ご存じであれば、ぜひ伺わせて下さい」

〝あれは、事実です〟

スマートフォンを持つ手に力がこもった。

「何か裏付けがありますか」

〝十日前、ホワイトハウスに勤務する友人から聞きました〟

十日前ですって！

「記事では、ごく最近、決まったように書かれてあったかと」

〝何をもって決定と呼ぶのかは分かりませんが、少なくとも私は十日前に、アメリカ大統領に近い人物から直接聞きました。それで、何か手を打つべきではと考えあぐねていたところで、「レベジの核」事件が起きてしまいました〟

「情報源はどなたですか」

〝それは言えませんが、大統領側近と考えて戴《いただ》いて結構です〟

「新潟原発が標的に設定された理由は、台湾有事ですか」

〝彼は、そうは言わなかったな。日本を仮想敵と新たに決めた故の決定だと〟

日本政府も昨年末、堂々と「仮想敵は中国」と首相が明言しているのだ。相手も、それ相応の対応をして当然ではある。

「その情報を、既に官邸は把握しているのでしょうか」

〃情報を得た日に、すぐ総理に伝えましたよ〃

なのに、官邸は沈黙を守っているのか……。

「高畠さん、こんな重大情報を、私なんかにお話しなさってもよろしいのでしょうか」

〃君をジャーナリストとして信頼していますから。君なら妙なバイアスをかけず、ニュースを発信してくれる、と信じています〃

「でしたら、お会いしてインタビューさせて下さい。この情報は、日本国民全てが知るべきです」

〃いや、やめておきましょう。私はテロリストの仲間だと思われているようですから、表に出ない方がいいでしょう〃

電話は切れた。

そこで、重大なことに気づいた。

高畠は、「オフレコ」や「匿名」にするように言わなかった。テレビ出演は「やめておきましょう」だったが、彼が発言したことを隠せとは言わなかった。

5

冴木は市ケ谷《いちがや》駅前の釣り堀「市ヶ谷フィッシュセンター」で釣り糸を垂れていた。
午前九時五十分――、約束の十分前だ。

相手はもっと早くに到着しているはずだが、安全を確認するまでは姿を見せない。

冴木は、釣り糸を垂れながらスマートフォンの画面に注意を奪われていた。高畠と記者の通話記録が、ＪＢＣニュースで報じられていた。

それによると、高畠は、ＮＹＴの「中国が日本を仮想敵国とし、新潟原発などを攻撃目標にした」という記事の内容は事実で、十日前にホワイトハウスに勤務する友人から聞かされた――というのだ。

高畠がわざわざ自分から記者に電話してきたのに驚いた。

そして、彼がその情報を十日も前から知っていたことも……。

「引いてますよ」

フィッシングキャップを被《かぶ》った男に声をかけられて、冴木は釣り竿《ざお》の先を見た。確かに引いている。

「もう少し泳がせておきましょう」

「さすが先生、情け深い」

「引き上げて息の根を止める方が、慈悲かもしれませんがね」

「生かさぬように、殺さぬように――。私が大好きな日本の格言の一つです」

男は手際よく釣り針に餌を付けている。

「元気そうですな」

「先生こそ。贅肉《ぜいにく》一つついていない。いずれにしても、私のことを憶《おぼ》えていてくださって、感謝します」

温秀徳《おんしゅうとく》、七十五歳。一線は退いたが今なお中国諜報《ちょうほう》界に大きな影響力を持っている。

中国拳法《けんぽう》の達人で、約二十年前、合気道を学びたいと、冴木が師範を務めていた道場に入門した。通い始めてちょうど一年経った頃、夕食に誘われ、自ら身分を明かしてきた。

戸籍上は、帰化した日本人だが、実際は中国共産党のしかるべき地位を有する実力者だった。中国は大使館とは別に、市谷《いちがや》に国家安全部の出先機関を置いている。表向きは中国文化交流財団日本支部という看板を掲げているが、職員の大半は、安全部のエージェントだった。

温は、そのナンバー2で、工作担当本部長だった。

彼が自らの身分をあからさまに明かしたのは、「日中は敵ではなく朋友《ほうゆう》であるべき。日本で同じ考えを持っている諜報機関の責任者の冴木先生と友情の絆《きずな》を結びたいから」だと言われた。

あくまでも私見だと本人は言うが、中国の諜報部員に、個人的意見などない。

おそらくは日中関係が深刻化した時のルート確保だと思われた。

冴木が独立したのを機に、温との定期的な会合も終わりを告げた。同時に温も地位が上がっており、日中友好のためのルート確保は、後継者に託された。

尤《もっと》もプライベートでのつき合いは続いた。

日本生まれだという温は、日本社会をよく理解していた。会うたびに温は、日本のインテリジェンス力の低下と、中国と日本の感情的な対立を嘆いたりもしていたが、COVID－19の流行以降、疎遠になっていた。

「中国は、いつから日本を仮想敵にされたんですか」

冴木は唐突に本題に入った。温は、ウキをゆっくりと池に放り投げた後、口を開いた。

「貴国を敵だと思ったことはないですよ。ただ、アメリカの出先機関と考えているので、仮想敵としての対応はしていますが」

「では、NYTの記事は?」

「出来の悪いフェイクでしょうな。私なら、もう少し上手にウソをつきます」

「デマだとして、このタイミングで出たリークを、どう見ますか」

「情報源は、特定できていますか」

「DNI周辺からだと聞いています。つまりは、大統領も承知の上だということでしょうな」

「あの愚かな大統領は、我が国と事を構えて、どんな得になると思っているんでしょうね」

「事を構えようとしている相手は、中国ではなく日本の気がしているんですがねえ」

「冴木さんは面白いことを考えますね」

「中国の仮想敵がアメリカであるのは、スクープでもなんでもない。だが、中国が狙っているのが、世界最大の新潟原発となると、日本政府は色めき立つ」

「なるほどねえ」と温は感心したフリをしている。だが、彼も同感だろう。

「つい先程、高畠陽一がこの件について、十日前から知っていたと語ったというニュースが流れました」

「そうでしたか。我が国の標的の一つが、新潟原発というのが驚きですなあ。『ロスト7』なるテロリストは、それを知っているから、あの場所に〝レベジの核〟を仕掛けたのではと邪推してしまいますなあ」

つまり、新潟原発に世界の目を注目させたかった誰かがいたのだと。

実際に、あの騒動のために、アメリカはフェイクニュース発信の時機を逸したのかもしれない。

「先生の推理に、私は一票を投じますな。また、そのお考えは、我が国の後輩たちにも伝えたいと思います。連中は、リークの原因解明に苦慮していたので」

温の話を一〇〇％信じるつもりはないが、中国が戸惑っているのは、想像できた。

「せっかく久しぶりにお会いして、示唆に富んだ情報も戴いたので、その御礼にお耳に入れておきたい話があります。今、我が国では、アメリカが在日米軍基地を増やそうとしている、さらには、核配備を秘《ひそ》かに進めているという情報が、飛び交っています」

まったく想定していない情報だった。しかも完全なフェイクニュースだった。

「情報源は、どこからですか」

「日米の複数の情報源です。私は、全力で否定していますが、日本の一部の政治家の中には、アメリカ政府にそれを求めている者もいるとも聞いています」

「まさか。アメリカは、ことあるごとに、米軍撤退をちらつかせているんですよ。アメリカが日本の核武装を容認したのも、それが一因です」

「日本の総理が、核武装を宣言されるなど、正気の沙汰《さた》とは思えない」

温の嘆息は、冴木の嘆きだった。

「まったく。我が国の総理は、もう少しバランスの良い賢い方だと思っていただけに、残念な限りです」

「あれじゃあ、我が国の強硬派は、本当に新潟原発を標的に追加してしまいますよ」

「だから、あなたにお声がけしたんです。我々は、どんなことをしても、日本の核武装を阻止します。なので温さん、早まるなと、貴国に伝えて戴けませんか」

「しかし、日本贔屓《びいき》の意見なんぞ、池に浮かぶ浮き草より頼りない。よほど確実な言質か、あるいはいっそ総理を引きずり下ろして戴かないと」

「必ず撤回させます」

「確か、『ガーディアン』でしたっけ。『ロスト7』の真の目的は、日本の核武装阻止だと書いてましたな。ならば、ヤツらを利用してはどうですか」

温に腹の内を探られた気がした。

「やれることは、何でも」

「それを聞いて安心しました」

温は引かなくなった針を一度上げると、器用にエサを付け直し、再び釣り糸を投げた。

「それにしてもアメリカは、何を企《たくら》んでいるんでしょうな」

「貴国の諜報機関に、見立てはないんですか」

「ありますよ。ですが、どうもアメリカが出すガセが多過ぎて、真相が掴みづらくなっているんです」

温によると、アメリカは、日本の軍拡をこれ以上放置していたら、中国は大変な事態に陥るという主旨の情報を、まことしやかに流しているという。

「日本の軍拡ねえ。日本の暴走だという情報が、中国に発信されているわけですな。まるで、一刻も早く日本を攻めよと、言わんばかりに」

冴木の言葉に、温も同意した。

「まさか、アメリカは、日本を舞台に一戦交えようとでも考えているんでしょうか」

「かつてのベトナム戦争のようにですか」

考えたくもないｉｆだ。

「温さん、中国はそれを望むでしょうか」

「まさか。我が国は、日本のみならず、アメリカとも事を構える気はありません」

その言葉を聞きたかったのだ。

「だったら、お願いがある。アメリカが好き勝手にフェイクニュースを流すなら、世界最高を誇る貴国のサイバー攻撃チームに、反撃してもらえませんか」

6

「大至急、香港に行ってください」

呼び出しを受けた戸樫が総理執務室に入るなり、いきなり言われた。

「例の記事について、中国政府から接触がありました。事実関係を伝えて、今後の方針を話し合いたいそうです」

「なるほど。それなら他に適任がいるのでは？」

「首相直々の、ご指名です。中国首相とは面識があるそうね？」

「といっても、特に親しいわけではありません。ちなみに、私は今回、どなたとお会いするのですか」

「しかるべき立場の人とサシで話してほしいそうよ」

「さすがに二人だけというのは無防備です。せめて外務省と防衛省の中国の専門家《チャイナ・スクール》を同席させるべきです」

「でも、先方は、君一人でと言って譲らない」

「では、会談には一人で臨みますが、両省から各一名同行を求めてもよろしいでしょうか」

「会談に立ち会わないなら構わない」

公用車に乗り込む前に戸樫は、ある人物に連絡を入れた。

「今から香港に行きます。今朝のNYTの記事について中国政府からの説明を聞くためです」

7

冴木が防衛省情報本部《DIH》の玉城鉄雄《たまきてつお》を呼び出すと、三十分も経たないうちに内閣府に姿を見せた。精悍《せいかん》な顔つきと見事な体格は、麻のスーツを着こなしていても軍人であることを隠せない。

「タイムズの記事の件で、まさに私から連絡を取ろうとしていたところです。中国軍が、新潟原発を核攻撃するなんてありえません。そんなことをしたら、東北三省に大きな被害が及び、中国自身も傷を負うでしょう。それに、中国は、日本を仮想敵とすら考えていないかも知れません」

「日中友好の絆は固いと？」

「いえ、残念ながら、我が国に軍事的な脅威を感じていないからです。彼らが本気になれば占領完了まで数日もかからないでしょう。それよりも日本をもっと有効活用したいとも考えています」

「では、アメリカの意図は？」

「日中関係を険悪にしたいのかもしれませんが、真偽の程も分からないような記事一本で、いきなり前のめりに日本が中国を敵に回すとはならないでしょう。そこで、冴木さんにお願いがあるんです。冴木さんのアドバイスなら、総理も耳を傾けて下さると思われます。くれぐれも軽挙妄動を慎んでいただきたいと、言っていただきたいのですが」

「玉城さん、それは買い被りだ。私は、あのお方にほとんど信用されていないよ。それに私の専門はテロ対策で、安全保障は門外漢だ」

「そこを何とか。総理の使命は国民の命と国土を守ることにあるんだと、一言で良いので諫言《かんげん》して下さい」

玉城の熱意にほだされて、冴木はできもしない約束をしてしまった。

「中国国家安全部の元大物が、中国は絶対に日本の原発を攻撃しないと断言している。なのにアメリカは、日本侵攻をせざるをえないようなフェイク情報を、中国に向けて流している。日本侵攻を煽《あお》るような情報発信が続いています」

「にわかには、信じがたいですね。そんなことをして、アメリカは得るものがあるんですか」

「ウイルソン大統領がやりたいだけだろう。ところで、実際に日本が核武装をするに当たって、防衛省内にそのような行程表が存在するのかを知りたい」

「私は、聞いたことがありません。内局、そして幕僚監部内に核武装を考える者はおりますが、具体的な計画として俎上《そじょう》に載ったことはないはずです」

だが、何の裏付けもなく、総理はあんな宣言をしない。防衛省内に必ず、賛同者がいるはずなのだ。

そこに、戸樫から電話がかかってきた。

玉城に断って、電話に出た。

〝今から香港に行きます。今朝のNYTの記事について中国政府からの説明を聞くためです〟

8

昨夜遅く、薫田はケリー安齋からのメッセージを受け取った。

〝明日午前十時、茗荷谷《みょうがだに》にある占春園《せんしゅんえん》の池端にて待っています〟

占春園は、水戸《みと》光圀《みつくに》の弟、松平頼元《まつだいらよりもと》が、一六五九（万治《まんじ》二）年に構えた屋敷の庭園の名残《なごり》である。

園内には広い石畳の遊歩道がある。鬱蒼《うっそう》とした老木が並ぶ道を薫田は進んだ。

石のベンチがあり、そこに黒いキャップを目深に被った男がいた。

声を掛けると、イケメンが帽子を脱いで笑顔を見せた。

「アメリカは、日本に核兵器を持ちこもうとしています」

「いきなり凄《すご》い話だな。情報源は、どこだ？」

「ペンタゴンにいる情報源とだけお伝えしておきます」

香港に生まれ育った日中のハーフが、そんな凄いところに情報源を持てるわけがない。

「核兵器なんか、勝手に持ちこめないよ」

「日本が核武装宣言したところで、簡単に開発なんてできない。そこで、アメリカから輸入するそうです」

ふざけた話だ。

「ケリー、そんな話を俺にしてどうするつもりなんだ」

「ＪＢＣで流してほしい。これぐらい深刻なネタになると、我がメディアのような新興勢には荷が重い」

「バカを言うな。そんなとんでも陰謀論なんて流せるわけがない」

ケリーがバックパックからクリアファイルを取り出した。

「これは日本への核輸出についての極秘文書です。それを提供します」

表紙に〝極秘《Classified》〟というスタンプが押されていた。

「米英は、香港の雨傘革命を利用して、中国で第二の天安門《てんあんもん》事件を誘発しようとしました。僕の使命は、それを阻止することでした。それは、何とか成功した。そこで、アメリカは次の手を打ったんです。それが、この文書にある作戦《オペレーション》です」

第九章　反　撃

1

　新見が一戸建てのインターフォンを鳴らして名を告げると、玄関ドアが薄く開いた。部下の巡査部長が挨拶《あいさつ》し、新見を招き入れた。

　新潟市内の住宅街にある目立たない古い家屋だ。新潟県警の「別室」と呼ばれる施設で、政治活動団体の情報提供者を聴取したり、生命の危険に晒《さら》されている者を匿《かくま》ったりする。人の気配を隣近所に悟られぬよう、完璧《かんぺき》に目隠しされた洋間に入ると、二人の女性が立ち上がった。

「高畠陽子さんと家政婦の最上《もがみ》季枝さんです」

　約三時間前、新見の携帯電話に、非通知設定の相手からの着信があった。応じると、高畠陽一の家政婦だと名乗り、陽一の孫娘である陽子と共に「保護」を求めてきた。行方をくらました高畠の居場所を教えるとも言われた。それで、ただちに「別室」の準備をしたのだ。

　ここに来るまでに、高畠陽子のプロフィールはざっと見ていた。母親より祖父に似ている。

特に意志の強そうな目が印象的だ。

「新潟県警の新見です。陽一氏の居所について、情報を戴《いただ》けると伺いました」

「高畠は、少なくとも今晩は動かないでしょう。ですが、明日には海外に逃亡するかも知れません」

季枝はそう言いながら、住所を書いたメモを差し出した。

「失礼だが、最上さんはどういう方なんですか」

「『ロスト7』の一人です」

あまりにあっさりと告げられて、新見は呆《あき》れてしまった。

「失礼だが、あなたが『ロスト7』の一員だと裏付ける証拠をお持ちですか」

季枝は、使い古したハンドバッグから、メモ用紙を取り出して、新見に渡した。

「それを、成田空港で拘束された西園寺良子に見せれば、確認が取れるのでは？」

メモには、几帳面《きちょうめん》な楷書《かいしょ》体で、七人の名前が記されている。

西園寺良子や高畠陽一の名もある。

続いて季枝は、古びた学生証を渡した。

京都大学医学部付属看護学校の学生証だ。

そこには、町野《まちの》めぐみと書かれている。

「町野めぐみが、私の本名です」

「ロスト7」のメンバーだと季枝が告げた七人の中にもその名が記載されている。

「写真は、別人に見えますが」

しかも、季枝の頬には大きな疵《きず》もある。

「高畠家に潜入するのなら、整形ぐらいしますよ。ですが、画像認識ソフトを使えば、私が町野めぐみであることは、簡単に確認できるでしょう」

「あなたが、『ロスト7』の一人であることを、高畠陽一は気付いていないと？」

「まったく。自分が仲間から監視されるなどということを考えつかない男なので。『ロスト7』のメンバーではないですが、日下は『ホワイトクロス』時代からの高畠の側近ですが、彼も気づいていません」

「高畠は、『ロスト7』のリーダーではなかったんですか。そんな人物を、どうして監視するんです？」

「『ロスト7』にリーダーはいません。しかし、高畠は自分がリーダーと思い込んでいたかも知れません。彼の監視を始めた理由は、彼が我々との約束を一向に果たそうとしないためです」

「監視は、どなたの命令ですか」

「私の独断です」

そうは思えないな。リーダーはいないというが、高畠がそうでないなら、考えられるのは一人しかいない。

「西園寺良子の命令ですか」

「申し上げたはずです。我々にリーダーはいないと」

テロリストの常套句《じょうとうく》だ。官憲の手に落ちたら、彼らはリーダーを守るため、すべてを自己判断によって行動したと主張する。だから、新見はそれ以上粘らなかった。

「高畠は、『ロスト7』の約束を果たさなかったとおっしゃっていますが、その約束とは何なんですか」

「アメリカからの真の独立を果たすために、各人が使命を全うすることです。高畠は、政権に近い場所におり、娘は総理大臣なんです。今こそ、日本はアメリカの呪縛《じゅばく》を断ち切るチャンスが到来している。にもかかわらず、高畠はアメリカの犬として、娘にも影響を及ぼしている」

「高畠元副総理をそれほどまでに非難する理由は、何です？」

「核武装」

〝レベジの核〟の信管が、横須賀基地に投下された際に届いた脅迫文の内容は、現段階では伏せられている。

なのに、季枝の答えは、脅迫文の内容に符合する。

「だとしたら、あなた方は、我が国の核武装に反対するために、核兵器で脅迫していることになるが」

「目には目を、核には核をということです。しかも、日本の核武装は、自国のためではない。アメリカが、対中戦争を想定して、日本を盾にするためのものです。これは、売国奴の行いと言っても過言ではありません」

自分の隣に、彼女が糾弾している人物の身内がいるのに、季枝は歯に衣《きぬ》着せない。そして、陽子もまた驚きや恐怖を抱いていないようだ。

つまり、既に祖父の「裏切り」を季枝から聞かされ、納得しているということなのだろうか。

「我々は、本体も保有しています。高畠や総理が、日本をアメリカに売り渡す気なら、我々は躊躇《ためら》いなく爆発させます」

季枝の言葉には迷いがない。

「ロスト7」の連中は、本当に〝レベジの核〟の本体を持ち、高畠父娘《おやこ》が核武装に突き進むなら、躊躇いなく核を爆発させるつもりだ。新見は、その覚悟を感じた。

「第二の部品を苗場スキー場に置いた理由を、解明したのかしら？」

話題が急に変わった。

「いや、五里霧中ですな」

「苗場スキー場に近い長野県境に、高畠は別人の名義でコテージを所有しています。そこは、彼の隠れアジトです」

ＪＢＣのインタビュー直後から、高畠は消息不明だ。

「彼は、そこにいると？」

「私たちは、そこから抜け出してきました」

2

時代遅れの型のスーツはよれよれで、髪もぼさぼさ、今どきの清潔感とはおよそ相容《あいい》れない風体。なのに薫田という記者は、目だけはやたらと輝いている。久しぶりに旧型の記者に出会ったものだ。

その男がまくし立てながら冴木に提示したのは、「ロスト7」事件と呼ばれる騒動の背後にある陰謀を裏付ける極秘文書だった。

その内容はアメリカ政府による日本核武装計画だが、冴木はその信憑性《しんぴょう》を疑った。

「ケリーが入手した方法は」

「それについては、答えませんでした。しかし、しかるべき筋からの提供だから間違いないと自信満々でした」

「私にはこれがホワイトハウスの総意だとは思えませんね。あまりにも陳腐だ」

「まったくです。共和党の過激な保守派の一部による企てじゃないかという気がします」

「それで、私に何を求めてらっしゃるんですか」

「これが本物でも、裏付けがなければ、我々は報道できません。ですが、内容を考えれば、一刻も早く公表すべきです。そこで、これはアメリカの公文書に間違いない、という太鼓判を、冴木さんに押して戴きたいんです」

二日後に迫ったアメリカ国務長官来日前に、放送したいらしい。

「私の太鼓判に、何の意味があるんですか」

「あなたは、長年、アメリカの情報機関との窓口を務められました。先の東京五輪でのご活躍も存じ上げています。そして、今は〝レベジの核〟捜査の内閣参与でもある。そういう方の裏付けがあれば、ウチの上を説得できます」

薫田の主張は、無茶苦茶だった。だが、確かに冴木なら、インテリジェンスの大物が裏付けたと言えなくはない。

「無茶な話をお願いしているのは、承知しています。しかし、このネタは、なんとしても、報道すべきものです。でなければ我々の存在意義がなくなる」

薫田の切実さは充分に理解した。自分の名前が役立つなら、好きにやってくれればいいと冴木は割り切った。

「分かりました。薄っぺらい権威をいくらでも利用してください」

「ありがとうございます。では、甘えついでにご意見も伺わせてください。なぜ、こんな急に、アメリカは日本の核配備を進めたがるのでしょうか」

「中国への威嚇でしょうな」

「私の知る限り、中国が対米戦争の準備を急いでいるという情報はありません」

「NYTのスクープは、どうですか」

「あれは、デマです。我が社の特派員、さらに私が個人的に付き合っている中国政府の要人や軍関係者すべてが、大嘘だと言っています」

「だが、否定すればするほど、疑いたくなる」

「そうですね。ですが、新潟原発を核攻撃したら、対岸に位置する自国も深刻な被害を受けます。かつての冷戦時代ですら、ソ連もアメリカも、核兵器を使用しなかったんです。中国が、その禁を破って日本の原発を攻撃するなんて、非現実的すぎます」

だが、あの記事の破壊力は、新潟に〝レベジの核〟の鞄《かばん》が放置された時以上の衝撃を、日本社会に与えている。

「あれがデマだとすると、情報発信者の意図は、中国への挑発だと考えるべきでしょうな。そして、あの情報を事実だと判断したアメリカ政府としては、日本の核配備は防衛上当然の処置だと主張できる」

薫田が、何度も頷《うなず》きながらメモを取り始めた。

「そして、中国が挑発に乗ってくれたら、しめたもんだ」

「日本への侵攻……」

JBCという日本の国営放送の記者を前に、冴木は初めて私見を口にした。

だが、薫田は驚いていない。

「中国に、ロシアと同じ愚行をさせたいと?」

ウクライナ侵攻について、ロシアは当初、渋っていたという情報がある。それによると、一部の欧米メディアが、NATO軍や米軍がウクライナとロシアの国境に集結してロシア軍を迎え撃つ準備を進めていると報道し、それに煽《あお》られてロシアはウクライナに侵攻したというのだ。

そして、短期間で決着をつけるはずが、その事態を待ち受けていた欧米が、ウクライナに武器供与をしたことで、泥沼化した。

結果的に、ロシアは世界で孤立した。

アメリカは、同じ泥沼に中国を引きずり込みたいのではないか、と冴木はずっと考えている。

「中国が日本に侵攻すれば、アメリカは自衛隊を支援する。日本への攻撃は、国際問題を引き起こし、中国は、完全に世界で孤立する。アメリカは、それを狙っている――と冴木さんはお考えなんですね」

「耄碌《もうろく》した爺《じい》さんの世迷《よま》い言ですよ」

「実は私もまったく同じことを考えていました。現在のウイルソン政権は、八方塞《ふさ》がりで、再選は望めない。そこで、起死回生の手を打つのではないかというのが、ウォッチャーの共通認識です。

だとすれば、対中衝突が一番だ。しかし、台湾では決着がすぐにつくし、両国がガチで衝突するのは避けたい。

そこで日本に目を付けるのは、あのバカ大統領なら、やりかねない」

薫田の興奮は、こちらにも伝わってくる。

スマートフォンが振動した。新潟県警の新見からだ。

総理の娘と家政婦を、公安が有している「別室」で保護しているという。

〝それで、その家政婦ですが、自ら「ロスト7」の一員を称し、メンバー七人の名前を明かしました〟

3

高畠陽一
西園寺良子
服部剛
宝田純志
町野めぐみ
宇野《うの》慶一《けいいち》
木村《きむら》勉《つとむ》

高畠家の家政婦である最上季枝がもたらした「ロスト7」のメンバーの情報について、警察庁、公安調査庁、内閣情報調査室、そしてテロ対策情報局が確認作業を行った。

まず、町野めぐみについては、季枝の顔認証で本人であることが確認された。

さらに、ノーベル医学賞を受賞した宝田純志は、京都府警の事情聴取に応じ、自身がメンバーであることと、他のメンバーも「仲間」であることを認めた。

しかし、現在交流があるのは、高畠だけで、それ以外については、四十年以上会っていないと主張した。

彼自身が、犯罪を犯したわけではないため、宝田の自宅、大学の研究室、さらには、彼が立ち上げた基金のオフィスの任意の家宅捜索への協力は、拒絶された。

冴木には、もっと気になる名があった。

服部剛――、かつての合気道のライバルと同姓同名だった。

あれは四十六年前の秋だ。服部から電話があり、「明日、貴殿の道場にお邪魔するので、お手合わせ願えないか」と唐突に言われた。

理由を聞くと、「雌雄を決したい」と言う。

それまで出稽古《でげいこ》では、何度も対決していたが、個人的なつきあいはない。それだけに、唐突な服部の懇請に、冴木は驚いた。

それでも、何か切羽詰まったものを感じた冴木は、「承知した」と返した。

約束した時刻は、翌朝午前六時。その日は、未明から激しい雨だった。

冴木の道場は、雑司《ぞうし》が谷《や》にあった。師匠に許可を得て、冴木は午前四時半から道場で迎える準備をした。夜明け前の道場は底冷えがした。

午前五時半、雨はさらに激しくなった。屋根を打つ雨音が道場に響き渡る中、冴木は正座して待った。

結局、約束の時刻に服部は姿を見せなかった。一時間待ったところで、冴木は近くの公衆電話から、服部の下宿に連絡を入れた。

眠そうに出た男が、服部は不在だと言って、電話は切れた。

雨の影響で遅れているのだろうか……。

冴木はさらに二時間待ってみたが、彼は現れなかった。

あれ以来、服部に会っていない。また、風の噂で彼が消息不明であることを知った。

ロシアのスパイ養成学校〝XXX〟の教官に「ゴー先生」と呼ばれた日本人がいたと、〝和尚〟は言っていた。

服部の名は、剛と書いて「つよし」と読む。が、音読みすれば「ごう」だった。後輩たちは服部を、「ごうさん」と呼んでいた。

そこで、もしやと思って、冴木は彼の消息を追っていたのだ。

そして、「ロスト7」のメンバーの一人として、その名を見つけたのだ。

冴木は服部について、早見に説明した。

「俺は、もっと服部という男を知っておくべきだった。革命なんぞとは無縁な男だと決めつけていた自分が情けないよ」

「もしかして写真などお持ちでは？」

「ないな。それより、宇野慶一と木村勉についての情報は？」

「京都大学の学生名簿には、該当者がいなかったため、近畿《きんき》一円の大学名簿を漁《あさ》らせていますが、今のところまだ、見つけ出せていません」

たとえ学生時代の情報を得たところで、二人とも、名を変え顔を変えているのだろう。探す手がかりにはならない。

だが、そう遠くないタイミングで、彼らも雌伏をやめて、浮上してくる気がした。できれば、彼らが再始動する前に、現在の身元を突き止めたいのだが……。

「新見室長から、高畠陽一の潜伏場所に向かっているという連絡がありました」

頼みの綱は、高畠陽一だな。

「暫《しばら》く一人で、部屋に籠《こも》らせてくれ」

彼から情報を引き出すために、仕掛けを考える必要があった。

4

孫娘の捜索は一向に進展していない。高畠陽一は、ひとまず仮眠して体力の温存を選んだ。暖炉の火を消し、ロックグラスに残っていたシングルモルトを呑《の》み干した時、日下が姿を見せた。

「陽子ちゃんが、新潟県警のセーフハウスに匿われているという情報が入った。今すぐここを出た方がいい」

「どこからの情報だ」

「県警の警務部情報だ」

「管理部門の警務部では信用ならんな」

「セーフハウスの管理責任者なんだよ。テロ対室長の新見から大至急セーフハウスの受け入れ準備をせよという命令があった。そこで、セーフハウスの監視カメラをモニタリングしていたら、老女と若い女性が入るのを確認したんだ」

しかし、老女と若い女という程度の情報で、それが季枝と陽子だと特定するのは、早計だろう。

「あの女は、アメリカのスパイだったんじゃないのか」

「アメリカが、私を監視する理由が分からん。そもそもおまえは今、県警のセーフハウスに陽子がいると言ったんだぞ」

「日本の警察機構は、すべてアメリカの犬じゃないか。アメリカは、あんたを一〇〇%信用していないんだよ。実際、このところあんたは、ずっとアメリカのご機嫌を損ねている。だから、ヤツらは最後の手段に出たのでは？」

「なんだ、それは？」

「陽子ちゃんを人質にして、アメリカの命令通りに動かすことだ」

高畠にはそれを否定する自信がなかった。

来訪者を告げるチャイムが鳴った。

日下が応じると厳しい口調で男の声がした。

「夜分に申し訳ありません。新潟県警の新見と申します」

＊

冴木は、高畠陽一に関するあらゆる資料を読み漁った。

公安には、高畠の記録がほとんどなかった。

西園寺良子がテロリストとして覚醒《かくせい》するのは、「ホワイトクロス」から離脱し、拠点を東京に移してからだと公安は分析している。

冴木は、そこに違和感を覚えた。

あの当時、政府批判や平和活動などをする学生は全て「アカ」として捜査対象になった。

なのに、高畠だけが甘々の対応をされている。

身内に大物の与党議員や財界人が多く、また大亜重工ビル爆破事件直後にアメリカ留学しているのが大きく作用したのか。

アメリカで、高畠は反米から親米に政治思想を変えた。

だが、高畠自身は「親米派」と呼ばれるのを好まなかったようだ。

「自分は、日本という国はアメリカ抜きでは成立し得ないという厳しい現実を直視しているに過ぎない」というのが、彼の言い分だ。

高畠の政治的実績に特筆すべきことはない。だから、現役時代の冴木のアンテナにも引っ掛からなかったのだ。

しかし、彼のそのスタンスこそが欺瞞《ぎまん》だったとしたら……。

ジャパンロビーの大物政治家は、一九八〇年代には日本国内から激減している。

だが、高畠一人が、昔と変わらずその役割を果たしているとしたら——。

好感度が高く、人気のある政治家が、実はアメリカのために暗躍するジャパンロビーの大元だったとしたら……。

やがて、冴木は英国情報局秘密情報部《SIS》の文書の中から、手がかりをようやく見つけた。

高畠は、「矛と盾の会」のメンバーであると記されていた。

そんな組織名には覚えがなかった。

時計を見ると、午前四時三十九分だったが、冴木は躊躇わず電話を掛けた。

元政治部記者の殿村は、三コールで電話に出て、〝早起きなのか、宵っ張りなのか、どっちだ〟と嫌みをぶつけてきた。

「『矛と盾の会』について教えてほしい。高畠陽一がメンバーだったらしい。その団体は、ジャパンロビーの拠点だったという理解は正しいんだろうか」

〝それはかなりソフトな表現だな。本来、ジャパンロビーはアメリカン・スクールみたいなもんで、陰謀とは無縁だ。だが、「矛と盾の会」は違う。陰謀好きのカルト集団で、かなり過激だな〟

「メンバーは?」

〝アメリカの極右の政治家、東海岸の銭ゲバの経営者、そして、軍事産業の関係者などが、自分たちの利益を図ろうと、日本に影響力のある人物に投資し、色々画策している〟

「現在も活動しているんだな」

〝おそらくは。尤《もっと》も、高畠の爺さんはさすがに引退した気がするが、どうかな?〟

「千陽は、どうなんだ?」

〝いや、無関係だね。あの会は、女人禁制だ〟

「因《ちな》みに、〝矛と盾の会〟の本部はどこにあるんだ?」

〝確か大亞重工ビルだ〟


殿村との通話を終えると早見から連絡が入った。

〝戸樫官房副長官に同行予定のSP二人が、羽田《はねだ》で襲われ、空港内で監禁されていました〟

「戸樫さんは無事なのか?　どうなっている⁉」

〝官房副長官は無事に出立されています。機内へ案内した職員は、男女各一名のSPがガードしていた〟

5

戸樫を乗せた政府専用機が香港国際空港に着陸したのは、現地時間午前五時四十一分だった。駐機場まで迎えの車が来ると、秘書官の蓑田《みのた》が伝えた。

「それで、私は誰に会うんです」

戸樫は蓑田に改めて確認した。

「分からないんです。先方は用件だけを伝えると、一方的に電話を切りましたので」

蓑田は、緊張のあまりか、手が震えている。

「そんなに緊張しなくてもいい。別に戦場に来ているわけじゃないよ」

戸樫はそう言いながら、彼の背中を軽く叩《たた》いた。

「すみません、だらしなくて。ですが、同行予定者は急にキャンセルになるし、こんな不可解な密談に同行するのは、胃が痛みます」

もう一度、励ましたところで飛行機はエンジンを停止した。

SPが出迎えらしい男と握手をしている。

面談相手は、中国軍幹部だと聞いてきたが、スーツ姿の人間が対応しているなら相手は軍人ではないのかも知れない。

「官房副長官、お疲れ様でした。お気を付けて」

声をかけてくれたキャビンアテンダントに「いつでも帰国できるよう準備を整えておいてく

ださい」と言った。念には念をだ。

外気は噎《む》せ返るような暑さで、すぐに首筋に汗が滲《にじ》んだ。迎えの男が、笑顔で近づいてきた。

「ようこそおいで下さいました。香港礼賓府の王健剛《ワンチエンガン》と申します」

完璧な日本語で挨拶をされ、戸樫は笑顔で応じて車に乗り込んだ。

空港は、香港島の西に位置する赤鱲角《ツエックラツプコック》島にある。そこから大嶼山《ランタオ》島を経て東に向かうと香港島に至る。

ところが、車は大嶼山島を南下した。

「王さん、私はどなたとお会いするのでしょうか」

「それについては、私も知らされておりません」

戸樫としては、とにかく日中両国は、アメリカの挑発に乗らずに耐えましょうと訴えるつもりだった。

日本列島をベトナムの二の舞にしてはならない――。その一念だけだった。

自然公園だと王が説明した森の中を、車は走っている。やがて海沿いの道に出ると、車は大きなゲートのある施設に入った。

敷地内には、コロニアル様式の建物がある。

車が停止すると、王について屋内に入った。

そこで、嫌な「気」を感じた――殺気だ。

戸樫の前後を守るSPの二人も、「異様だ」とアイコンタクトで訴えている。

観音開きのドアが開き、「どうぞお入り下さい」と言われ一歩踏み込んですぐに、戸樫は室内の惨状に気がついた。

室内には四人の男が倒れていた。一目見て死んでいると分かった。戸樫らはいくつもの銃口に囲まれていた。王も銃口をこちらに向けている。

SPが、王の腕を蹴《け》り上げた。女性SPはグロックを発砲し、三人を仕留めた。

戸樫は硬直している秘書官を引き倒した。

「蓑田君、そのまま床に伏せてろ！」

戸樫は向かってきた男の銃を奪い、二人を斃《たお》した。

それから這《は》いつくばっている蓑田の背中を持った。上着がぐっしょり濡《ぬ》れている。絶命していた。

一体、何が起こっているのだ。

考えるいとまもなく戸樫は応戦した。

敵は次々となだれ込んでくる。追い詰められるのは時間の問題だろう。

「怜、李《リ》、撤退だ」

戸樫は、二人の名を呼んだ。

階段を駆け上がってくる敵勢を、怜は伸縮剣で倒して、外に走り出た。李が援護射撃をしている。

戸樫はさらに数人を倒した後、蓑田を背負い、李に続いた。

鋭いクラクションと共にワンボックスカーが乗り込んできた。怜がハンドルを握っている。

二人が飛び乗ると、車は急発進した。

6

冴木のスマートフォンが、特徴的なコール音を鳴らした。それまで熟睡していた神経が一気に覚醒した。このコール音を設定しているのは一人だけだ。

「怜か?」

〃いま、香港。戸樫さんが襲われた〃

羽田でSPを襲って入れ替わったのは、怜だったのか。

「無事なのか?」

〃あの人は強いから、大丈夫。でも、秘書官が殺された。戸樫さんを乗せたリアジェットが日本に向かっている〃

「おまえ以外にも同志がいるんだな」

〃うん。それより、羽田に到着したら、警護をお願い〃

「分かった。怜、おまえは誰の指示で動いている。服部剛か」

〃「師匠」がもうすぐ、父さんに会いに行くって〃

電話はそこで切れた。

折り返したが、無駄だった。

やはり、「師匠」こと〃ゴー先生〃は服部だったか……。

冴木は、機上の戸樫に連絡を入れた。

〃先生、不覚を取りました。そして、部下の命が奪われてしまいました〃

「襲撃の目的に心当たりは？」

〝全く〟

「カウンターパートには、会えたんですか」

〝いいえ。行った時には殺されていました。いずれも面識はありません〟

7

新見は再び陸上自衛隊高田駐屯地の倉庫の入口に立っていた。

前回ここに来た時は、ソ連時代の遺物が鎮座していた。安全のためにあらゆる物が撤去されていたが、今は装甲車から様々な装備品までが所狭しとひしめいている。

逮捕した高畠陽一が駐屯地に収容されている。

今朝になって、冴木からは、尋問には立ち会えないとの連絡があった。代わりに門前が出張って来るらしい。

自ら「ロスト7」のメンバーだと名乗った高畠家の家政婦は、高畠を、仲間だったと断言している。「ロスト7」についての詳細を高畠から絞り出すのが、新見の使命だった。

元副総理で重要閣僚も経験した人物を、こんな場所で尋問すること自体が異例、いや、そもそも違法行為なのだ。その重責を考えて、昨夜は一睡もできなかった。

それで、少しでも気晴らしにと、ここにやってきたのだが、かえって心は乱れた。

部下から準備が整ったと連絡があり、新見は気持ちの整理がつかないまま、取り調べ場所に向かった。

取調室の隣室には三台のモニターが置かれ、それぞれの前に捜査官が着席している。

一台は東京の内閣府テロ対策情報局と繫《つな》がっており、内村がスタンバイをしている。

もう一台は、駐屯地内を映している。万が一、高畠の奪還、あるいは抹殺部隊が来た場合に備えた措置だ。

そして、三台目のモニターには、隣の部屋が映し出されている。陸自が用意した上下黒のジャージ姿で着席している高畠は、落ち着いているようだ。

新見は門前と共に取調室に入った。

「いったいどういう権限で、こんな人権侵害をするのかを、まず説明したまえ」

新見と門前を見るなり、高畠が居丈高に言った。

「新潟地裁の判事が発付した逮捕状を提示したかと思いますが」

「では、弁護士を呼んでもらおう。それまでは、黙秘する」

「先生、まるで過激派の尋問マニュアルのようですね」

新見の隣に陣取った門前が嘴《くちばし》を容《い》れた。

「誰だね、君は？」

「こちらは、内閣府のテロ対策情報局参与の門前さんです」

「いずれにしても、弁護士が来るまでは黙秘する。私の弁護士が誰かは知っているね」

高畠は余裕綽々《しゃくしゃく》の態度を崩さない。

「弁護士をお呼びするのは吝《やぶさ》かではないのですが、元副総理であり、現総理の父でもある高畠先生の逮捕を、公にすべきではないという上からの指導がございまして」

「そういう脅しは通用せんよ」

「家政婦の最上さんこと町野めぐみさんから、『ロスト7』のメンバーリストのご提供を受けました」

「何をバカなことを！」

新見は、季枝が持参した町野めぐみ名義の学生証の写真を見せて、同一人物だと確認されたと告げた。

「いい加減なことを！　もう少しましなウソをついたらどうだ」

新見はノートパソコンを開き、動画を再生した。

季枝が自らの正体を告げている映像を見せると、高畠は本気で驚いていた。

「リーダーであるはずのあなたが『ロスト7』に監視されていたのはなぜですか」

「JBCのニュースを観なかったのかね。私は『ロスト7』のターゲットなんだよ。だから監視されていたんだ」

「ところで、高畠先生は『矛と盾の会』の理事長を長年お務めだそうですね」

新見は、さっさとカードを切ることにした。

「先生、『矛と盾の会』とは、どのような会なんです？」

高畠はフリーズしたきり、目も合わせない。

「あと五分ほどで、テロ対策情報局と警視庁が、東京丸の内にある『矛と盾の会』本部に家宅捜索に入ります」

それを聞いて、高畠が我に返った。

「何だと、即刻中止しろ。深刻な外交問題になる」

「我々の調べでは、ただの任意団体のようですが、外交問題とは剣呑《けんのん》ですな。それとも、外国の政府機関か何かなんですか」

「とにかく、即刻やめさせろ」

高畠は立ち上がり、喚《わめ》いた。

8

マトヴィエンコの誘いに乗って、冴木は乃木坂《のぎざか》の露地裏にある彼の住まいを訪ねた。

戦前に建てられたと思われる平屋の民家で、渋い大島紬《おおしまつむぎ》を着たマトヴィエンコが待っていた。

今日は、冴木が贔屓《ひいき》にしている茶舗《しにせ》の主《あるじ》に依頼した特製の煎茶《せんちゃ》を土産に持参した。

「口に合うかどうか分からないが、俺は美味《おい》しいと感じたので、試してみてくれ」

さっそくマトヴィエンコが、二人分のお茶を淹《い》れてくれた。

一口飲んで、マトヴィエンコは大きく頷いた。

「マーヴェラス！　こんな凄《すご》い賄賂《わいろ》をもらうということは、とんでもない要求をされるんだね？」

「〝ＸＸ〟について、何か分かったか」

「今は、廃墟《はいきょ》になっているようだね」

「俺が教えて欲しいのは」

「ゴー先生と呼ばれていた日本人教官のことだろ」

服部の名は、剛だった。

「フルネームは知らない。この武道の達人は、なかなかの戦術家だったそうで、そういう講座も持っていた。確か、趣味でミツバチを飼っていたな」

「会ったことは？」

「ないよ。私は暴力は好きじゃないんでね」

だが、KGB在籍中は、時には抹殺指令を出し、暗殺の陣頭指揮を執っていた。

「服部剛、若かりし日に私は会っているんだ。この男だよな」

冴木は、ようやく入手した写真を見せたが、マトヴィエンコは、さして興味を示さなかった。

彼は、茶舗のフライヤーを開いて読んでいる。

「心から尊敬できる武道家だった。なあ、ユーリ、頼む。ゴー先生というニックネームの人物について、情報をくれないか」

「私が知っているのは単独でもチームでも、成果を上げる凄腕ということだ。教官ではなく、暗殺者《アサシン》としても素晴らしい成果を上げたようだが、六十歳になった時に、辞職を申し出て、認められた」

「それは信じがたいな。あんたらの機密情報を知っている生き証人だぞ。離脱なんぞ認めるわけがない」

「色々あってな、引退を認めざるを得なかった、ということだ」

「もしかして、発見次第即射殺命令《SOS》が出ているのか」

「それも、解除された。長い闘いの末に、そういう決着を見た」

「ならば、居所を知っている者がいるだろう」

マトヴィエンコは、急須《きゅうす》に熱湯を注いで、二杯目のお茶を淹れた。

「噂では、新潟で養蜂業を営んでいると聞いたが」

冴木は、あの日、総理がインド首相と出かけた場所を思い出した。

そういうことか！

「あんたとケリー安齋との関係を知りたい。青山霊園で、あんたとハグをしていたイケメンだよ」

「彼の死んだ父親と親しかったんだ。彼の父親は、ＳＩＳの工作官だった」

「敵なのに親しいということは父親は、二重《ダブルエージェント》スパイだったのか」

「あんたと私のような関係だよ。父親は、香港が長くてね。お互い、共通の監視対象について情報交換をしていたんだよ」

中華人民共和国は、旧ソ連やイギリスの監視対象だ。

理屈としては通っている。

「父親が死んでから、私が後見人になったんだ。だから、時々会っている」

「彼の日本での活動は、知っているのか」

「ＧＪＮの代表だろう。あれは、素晴らしいメディアだ。日本のジャーナリズム界も随分刺激を受けているだろう」

「『ロスト７』の情報で独走しているのも、あんたの後押しか」

「お門違いだね。それは純志に尋ねたらどうかね？」

「純志だと？　誰のことだ？」

「宝田純志だよ。彼も『ロスト７』のメンバーなのは知っているんだろ？」

「ロスト７」のメンバー情報が判明したことをどうして知っている！

「なあ、ジロー。今さら各人の関係を追ってもしょうがないぞ。それより日本の危機に目を向けたらどうだ？」

9

この連中に自分は弄《もてあそ》ばれている。激昂《げきこう》したことで高畠は、我に返った。

「失礼した。『矛と盾の会』というのは、日米安全保障条約の維持に尽力した関係者のＯＢ会だ。別に怪しい団体ではない。外務省北米局長に尋ねてもらえば、すぐに分かる。とにかく、即刻家宅捜索を中止するんだ」

「お言葉ですが先生、テロ対策情報局と公安の令状請求を、地裁は妥当と認めているんです。家宅捜索を中止するのは、無理ですね」

だったら、好きにやればいい。あとで責任者が、詰め腹を切らされるだけの話だ。あんなところをガサ入れしても、簡単には何も出てこない。

刑事が顔をのぞかせ、門前に耳打ちすると、高畠にウェブニュースの動画を見せた。

〝ＢＲＥＡＫＩＮＧ ＮＥＷＳ〟とスタンプされた映像で、周囲に土煙のようなものが舞い上がっている。

〝繰り返します。先ほど午前九時十一分ごろ、東京都千代田《ちよだ》区丸の内の大亜重工本社ビルで突然、大きな爆発がありました。爆発は窓ガラスの大半が割れるほどの衝撃で、周囲の道路に破片が降り注ぎ、現場は戦場のような状態にあります〟

高畠の胸が苦しくなり、動かなくなった。

「おい、どうした⁉　大丈夫か⁉」

遠くで声が聞こえた後、高畠の意識が遠のいた。

目覚めた時には、病室のベッドにいた。左腕には点滴が繋がっている。新見がそばにいる。

ここに来るまでの記憶がない。

医師と看護師が現れて、診察した。

「短時間であれば、尋問には耐えられると思いますが、私が立ち会うのが条件です」

「ちょっと待ってくれ。私は気絶していたんだぞ。まだ尋問する気か」

「『ロスト7』が、大亜重工本社ビルを爆破し、多数の死者がでているというニュースを、ご覧になったはずです」

新見が告げた。

では、あれは、現実なのか。

「四十六年後に、再び同じビルを爆破した理由は何ですか」

「あんた、頭がおかしいんじゃないのか。それは『ロスト7』の責任者にぶつける質問だろう」

「十分前に、送られてきた犯行声明文です」


〝約束を果たす時がきた。

「ロスト7」代表高畠陽一〟


「私は昨夜から、あんたらに拘束されているんだ！　どうやって声明文を発信するんだ！　そもそも、私には大亜重工の本社ビルを爆破する動機がないだろう」

「そこに、『矛と盾の会』の本部があるからではないですか」

「何度言えば分かるんだ。それは『ロスト7』の代表に聞け」

「だから、尋ねているんです。犯行声明文には、代表高畠陽一とある。発信するだけなら誰にでもやれます」

じわじわと考えたくもない疑惑が湧いてきた。

俺は奴らに葬られようとしているのか、あれほど忠誠を尽くした星条旗の国に。

そこに門前が姿を見せた。

「新見さん、ひとまず尋問は切り上げましょう。テロ対策情報局長から連絡があり、高畠に大亜重工本社ビル爆破事件の主犯として逮捕状が出たそうなので、移送します」

「ちょっと待ってくれ。君らは、あんなでっち上げの犯行声明文を信じるのかね?」

「そういう抗議は、東京でやって下さい」

「門前さん、あと、五分だけください」

新見がそう言って、門前を室外に追い出した。

そして、ベッドサイドに戻ってくると、彼は医師と看護師にも退室を求めた。

「高畠先生、テロ対策情報局は捜査機関ではありません。彼らは、時と場合によっては手段を選ばない」

「何が言いたいんだね?」

「いずれ、話さなければならないなら、ここで話して下さい。そうすれば、私があなたの人権をお守りします」

新見を信用するわけではないが、彼の話には説得力があった。

「丸の内という東京の心臓部で、甚大な爆破テロが起きたんです。テロ対策情報局は、何でもありで、あなたを尋問しますよ。ご承知かと思いますが、明日、アメリカの国務長官が来日します。ですから、彼らは必死なんです」

「死者は何人なんだね？」

「前回をはるかに超えるとか」

あの時の死者は二十三人、重軽傷者は三百四十九人だった。

高畠は、最後通牒《さいごつうちょう》を告げに来た時の服部の言葉を思い出した。

――期限まで、あと二日だ。それまでに、社会に向けておまえとバカ娘の二人は、俺たちとの約束を果たすんだ。

そして明日が、その約束の日だった。

「わかった。とにかく、東京行きを阻止してくれ」

10

警視庁公安部公安機動捜査隊の刑事が、インターフォンのカメラに、身分証明書を呈示すると、英語で拒絶された。

「即座に開扉しなければ、強行突入しますよ」と英語で返すと、ドアが開いた。

自分は留守番だと名乗り、ドアの前に立ちはだかる年輩の白人女性に令状を提示した。

「妨害なさるようなら公務執行妨害で逮捕しますが」

彼女は不安そうに、冴木の指示に従った。

「脅かして済みませんな。あなたのお名前を教えて下さい」

「スーザン・フランクリンです」

「留守番だとおっしゃいましたが、他に人は？」

「私以外誰もいません」

「こんな立派なオフィスなのに？」

「会員がここに来るのは月に一度だけです」

「実は、理事長の高畠さんが逮捕されて、家宅捜索を行います。日本の裁判所の許可も得ています。ご理解いただけますか」

「とにかくここの責任者に連絡をしなければ。私には何の権限もありません」

冴木が連絡先の番号を尋ねた。

「最近、物覚えが悪くて。私のスマホに登録しているので、そちらから掛けます」

冴木は、スピーカーをオンにすることを条件に、彼女の申し出を認めた。

スーザンは老眼鏡を掛けて、相手を呼び出した。

〝イエス〟

「ミスター・エイモス、スーザンです」

〝失礼だが、どちらにお掛けですか〟

「あら、パトリック・エイモスさんの電話では？」

そこで、冴木はスーザンからスマートフォンを取り上げた。

電話は既に切れている。

「これも押収です。こちらで通話相手を特定します。よくも白々しいアラート電話をしたもんですな、敏腕《エイブル》スージー。大使館では、そう呼ばれていなかったか」

今は面影もなくなったが、彼女は三十年以上にわたり駐日アメリカ大使館内のＣＩＡ東京支局の局長秘書としてキャリアを積んでいた。日本人と結婚し帰化しているが、魂は純度一〇〇％のアメリカ人であり、現実主義的な愛国思想も変わっていないのだろう。

「私を憶《おぼ》えていて下さったのね、マジックジロー。光栄です」

＊

腹を括《くく》ったらしく、高畠は蕩々《とうとう》と語り始めた。

「一九九〇年代、バブル経済が弾《はじ》けてもなお、アメリカを脅かす経済大国だった日本に対し、アメリカの政府と経済界は露骨な介入を始めた」

規制改革や社会改革など、明らかに内政干渉といえるような問題にまで踏み込み、「改革要望書」という名の文書を、日本政府に送りつけてきた。

「『矛と盾の会』は、そのアメリカの要求が確実に遂行されるためのロビイストのようなものだ」と高畠は続ける。

「『ロスト7』は、そういう体質を白日の下に晒し、日本はアメリカから独立すべきだと訴えろと私に迫ったんだ」

「それが、彼らがあなたへ果たすように命じた『約束』ですか」

「彼らは愚かなんだ。そもそも日本はアメリカの傘の下にいるのが一番、幸せなんだよ。だから、私は敢《あ》えて親米派となり、『矛と盾の会』の理事長を務めたんだ。そしてアメリカの暴走を防ぐつもりだった。獅子《しし》身中の虫だよ」

「大亜重工本社ビルを爆破したのは、『矛と盾の会』を破壊するためでは?」

「いや、そんなことをしたら、結果的に敵の所業を闇に葬ってしまう。罪を白日の下に晒すのが『ロスト7』の目的だ。だから、爆破なんて絶対に起こさない」

「つまり爆破は他の何者かによるものであり、『矛と盾の会』本部には、日本国民に知られては困る何かがあるということですか」

*

「電話の相手は、どなただね?」

「〝教授〟。そう言えば、分かるでしょ」

スーザンは、タバコをくわえて煙と共に答えを吐き出した。

〝教授〟とは、元CIA東京支局長の一人、ライアン・キャンベルのことだ。特に優秀だったわけではないが、官僚としてはまずまずだった。

「彼はまだ日本にいるのか」

「五年ほど前に日本に戻ってきた。現在は、某私立大学の教授をしている」

「知らなかったな」

「当然でしょ。かつてのインテリジェンス村の連中とは、一切付き合っていないもの」

「で、彼がこの会の責任者なのか」

「門番みたいなものね。実際の責任者は、私も知らない。ボストンかD.C.あたりの有閑階級じゃないの」

「理事長室には金庫があると思うんだが」

スーザンがアラート電話をした以上、ここで自由にガサ入れできる時間は限られる。

間もなくアメリカ政府からの圧力がかかり、この部屋から追い出される。

「ジロー、それは、高畠に頼むことね」

11

〝羽田で、戸樫官房副長官と合流しました。ご指示の通り、別の機で出発します〟

外村からの連絡を受けて、冴木は温に連絡を入れた。

「久しぶりに旨い寿司《すし》でもご一緒しませんか」

〝是非。いつもの店ですか〟

「午後五時でいかがでしょうか」

〝心得ました〟

内閣府へ向かう車中で、早見がネットニュースを見せてきた。アメリカを中心としたNATO軍が、アラビスタンの三つの軍事基地を攻撃したとあり、同国に核保有の疑惑があるという記事だった。

暫くの間、世界の目は、中央アジアに向けられることになる。こういう時は、ダーティな作戦を展開しやすい。

未登録の番号から着信があった。

〝長きにわたってご無沙汰《ぶさた》してしまいました。服部です〟

第十章　切り札

1

夜更けから雨が降り続いている。

再び同じ場所で、冴木は〝ライバル〟を待っていた。

〝四十六年前の約束を果たしたい。お手合わせが済めば、縛につきます〟

突然かかってきた電話で、服部が言った。

冴木は即答で快諾はしたものの、服部の意図を測りかねた。

明らかに「ロスト7」としての活動は、大詰めに来ている。そのタイミングで、まったく存在が把握されていない人物が「自首」するなど、信じがたかった。

道場周辺には、警視庁の機動隊や公安刑事たちが多数張り込んでいる。

約束の時刻は、午前六時――。

白の道着に黒袴《くろばかま》を身につけて待っていると、道場の引き戸が開く音が響いた。迷いのない足音が近づいてくる。

「大変お待たせ致しました」と服部は言って、深々と一礼した。

服部の顔には深い皺《しわ》があるが、鋭い眼光は、四十六年前と変わらない。

「では、参りましょうか」

服部は、一つ大きく息を吐き出すと、構えの姿勢を取った。

互いに一進一退が続いた後、服部が一気に動いた。

気づいた時には、冴木は畳に転がっていた。

完敗だった。

「お見事。私にはあなたの動きが見えなかった」

「一瞬の差でした。少しでも気を抜けば、逆に私が投げられておりました。こんなに冷や汗をかいたのは、久しぶりです。お手合わせくださったこと、心より御礼申し上げます」

服部が礼をした後、両手を前に差し出した。逮捕されるのを覚悟していた。

「そんな必要は、無いでしょう。服部さん、いや蜂谷幸雄さんと呼ぶべきかな？　私と一緒に来てください」

道場を出ると、廊下には機動隊員数人が待っていた。

「諸君はもう撤収してくださって結構です。早見、車を」

機動隊員の背後に控えていた早見が「畏《かしこ》まりました」と答えた。

服部は、廊下に置いていた黒いボストンバッグを手に、冴木に続いた。


「〝レベジの核〟で、開会中の国会議事堂を爆破するよう、高畠陽一に命じられました」

内閣府テロ対策情報局の取調室の席に着くなり、服部は自白を始めた。

服部は、白のワイシャツに黒のズボンという恰好《かっこう》で、背筋を伸ばして浅くかけている。

本物の〝レベジの核〟なら議事堂だけではなく、首相官邸や霞が関の省庁も消失する。

「目的は？」

「それは高畠にお尋ね戴《いただ》きたいが、その後、日本の主要メディアに対して、中国の支援を受けて行動したという声明文を出す計画でした」

彼の顔は前を向いているが、対座する冴木を見ていない。もっと先、壁の向こうを見つめているようだ。

「日本の統治機能を破壊し、アメリカが介入する道筋をつけるためですか」

そうなれば、アメリカは「日本のために」中国を攻撃できる。

「私は愛国者です。そんな理不尽な命令に従うわけにはいきませんでした。だから、核爆弾は別の場所に仕掛けました。

横田《よこた》基地から投宿先のパレスホテルに向けて出発したアメリカ国務長官が乗るリムジンです」

「国務長官一人を暗殺するのに、核爆弾は不要でしょう。今、愛国者だとおっしゃったが、多くの罪もない日本人が犠牲になります」

「日本に対しては今後一切干渉しないと、アメリカ大統領が宣言したら、国務長官は無事に帰国できます」

「それは無理でしょう。アメリカは、テロリストとは交渉しない」

現大統領について、冴木はさしたる情報を有していない。それでも、自らの決断のためなら、国務長官の命など惜しくないと考えるタイプだと評価している。

「ならば、再びアメリカは〝罪もない日本人〟を核爆弾で殺せばいい」

核爆弾が仕掛けられたというリムジンには、二つのギミックがあると服部は言う。

すなわち、速度が時速十キロ以下になると起爆装置が作動する。次に、走行中にドアあるいは窓が開いた瞬間、爆発する――。

「長官のリムジンに仕掛けられたという証拠は？」

車輛《しゃりょう》は、アメリカのものだ。長官が乗車するに当たり、シークレットサービスが徹底的に調べているはずで、核爆弾を見落とすとは到底思えない。

「アメリカの目をかい潜《くぐ》って仕掛けるなんてありえないとお考えなのでしょうね。ですが、我々には、多くの協力者がいます。日本人とは限りません。ロシア人もいます、中国人も、北朝鮮人も。そして、もちろんアメリカ人も」

「それでも核を積み込めたとは思えない」

「一つだけ確かめる方法があります――、車を停めてみればいい」

服部たちがそんな暴挙に出たとは思えない。たとえ、日本の真の独立とやらを勝ち取るためでも、十万人以上の日本人の命を奪うような蛮行を、愛国者はやらない。

「服部さん、あなた方は、日本の核武装を阻止したいのではないのですか？　なのに、罪なき日本国民を核爆弾で殺すのですか」

「冴木さん、勘違いしないでほしい。この国の民に〝罪なき者〟など存在しない。惰眠から目覚めさせるためには、犠牲が必要です」

「核武装を阻止するのは、平和維持のためでしょう？　なのに、核で脅すんですか」

「それも、誤解している。我々が求めているのは、世界平和ではない。アメリカの暴走を止めることだ。そして、日本の真の独立を果たすこと。そのための犠牲は厭《いと》わない」

「真摯《しんし》に平和的に、アメリカの暴走を訴え、日本国民に真の独立を訴えればいいじゃないですか」

服部は、道場で立ち合った時と同じ目をしている。涼しげに見えるのだが、隙はない。

「そんなことで、アメリカが言うことを聞きますか。日本の国民が、平和ボケから目覚めますか。自分たちが死ぬかもしれないという恐怖を味わって初めて、核の恐怖を感じるのでは？」

そうかも知れない。だが、暴力からは何も生まれない。

「アメリカが、国務長官を爆殺したければ、すればいいと言ってきたらどうするんですか」

「躊躇《ためら》いなく、爆発させます。そうすれば、そんな決断をしたアメリカは日本人の敵になる」

「核を爆発させようとしているのは、アメリカではなく、あなたたちでしょう」

そこで、服部は唇を強く結び、静かに目を閉じた。

2

インドの玄関口、インディラ・ガンジー国際空港に到着するなり、蜂谷みどりはインド外務省の官僚に迎えられた。みどりには、若い女性秘書が同行している。

蜂谷養蜂《ようほう》場のスタッフ、綾子だった。

彼女は、ハワイでの使命を果たし、重い持病のあるみどりをサポートするために合流したのだ。

綾子は、ハワイでマイク・ウイルソン大統領おかかえのクリニックに、アメリカの反ウイルソン派の協力を得て臨時雇いの看護師として潜り込んだ。大統領はここで、若返り《アンチエイジング》の治療を受けている。

綾子は、大統領に幹細胞を投与する際に、ある成分に過敏に反応しやすくなる薬剤を混入させることに成功した。

みどりは養蜂に携わりながら、長年夫と共に世界を旅してきた。

同時に、若き政治家や活動家と交流を深め、アメリカ主導の世界の有り様に疑問を呈してきた。

夫は、養蜂の傍らで武道家として多くの弟子を育てた。

やがて、夫妻を中心に広がるネットワークは、アジアアフリカ全域に及んだ。

チャンドラ・シンも、そんな弟子の一人だ。

みどりは、祖国・日本のアメリカからの真の独立を期待しながら、政治家となった高畠からの連絡を待ち続けた。

しかし、高畠は、アメリカに取り込まれ、あろうことか売国奴の尖兵《せんぺい》に成り下がった。

それを確信した頃、みどりは自身の病を知った。

白血病だった。

血液腫瘍《しゅよう》の権威でもある盟友の宝田らのサポートで、何度も危機を切り抜けてきたが、遂《つい》に治療の効果が得られなくなってしまった。

それでも、みどりは必死で「ロスト7」のプランを練った。

だが、計画に必要な西園寺良子の復活を実現するだけの体力が、既になかった。

そこでみどりは、若い頃に舞台女優として活躍しながら、オーストラリア人と結婚したことで、引退した従妹《いとこ》に相談を持ちかけた。

自分の代わりに、西園寺良子になってくれないかと……。

従妹は、みどりが若き日に犯した罪と政治活動を知っているだけではなく、シンパシーを感じ、応援を惜しまなかった。

ある時、彼女は「私は、ずっと良ちゃんが羨《うらや》ましかった。私は正義のために闘うだけの勇気がなかったのを悔いている。もし何か役に立てることがあったら、声をかけてほしい」と訴えたことがあった。

みどりは、最後の闘いを遂行するために、その言葉に甘えた。

秘《ひそ》かに、養蜂場に従妹を呼び、一ヶ月以上「稽古《けいこ》」し、西園寺良子の知識やエピソードのすべてを伝えた。

記憶力が良く舞台女優としての技倆《ぎりょう》もあった従妹は、西園寺良子の役づくりのためのすべてを吸収した。

そして、あの日――、高畠の娘とチャンドラ・シン夫妻が、養蜂場を訪れた日、成田空港で一世一代の芝居を始めたのだ。


みどりらは、政府公用車に迎え入れられ、首相公邸に向かった。

超多忙なチャンドラ・シン首相が、公邸の居間で一行を歓迎した。

若草色のサリーを身につけたみどりは、インド式の挨拶《あいさつ》をした後、用件を切り出した。

「服部からの伝言がございます。服部は作戦《オペレーション》の最終段階を始動致しました。アメリカの愚行を止めるために、チャンドラ首相のお力をお貸しください」

「私が訪ねたあの日から始まった作戦が、無事に結実するのですね。あの日、服部先生とお会いできたことは幸せでした。

そして、良子さん、あなたにも」

かつて国際手配されていた過激派の片鱗《へんりん》も見せず、みどりは穏やかに会釈した。

「既に、準備は整っています。三十分後には、緊急記者会見を開き、日中の友好を全面的に支援したいと申し上げます。

アメリカの時代を終わらせましょう」

＊

駐英日本大使である嶋津《しまづ》貞臣《さだおみ》は、約束の十分前に、ダウニング街十番地の正面に到着した。

英国首相が快く迎え入れてくれた。

彼らは、ケンブリッジ大学のボート部員として、寝食を共にした友人同士だ。

「アメリカの暴走が止まりません。我が国だけでは、到底彼らの傍若無人を阻止できない」

アメリカの金融機関での勤務経験もある首相は、親米派のイメージがあるが、実際は批判的で、日中印と連携した世界秩序のあり方を考えている。

中でも現米大統領に対しては、「極めて危険な独裁思想の持ち主」と警戒を強めており、アメリカの暴走を止めるのは、英国の責任とすら思っている。

「我が国が表立ってアメリカに物申すのは、難しい。しかし、日中戦争は阻止したい。既に、インドのチャンドラ首相からも御連絡を戴きました。

英国は、日中の友好関係を全面的に応援すると、後ほど声明を出します」

感極まった嶋津は、古くからの親友の手を握りしめた。

「イーサン、なんと御礼を言えばいいのか」

「サダ、礼を言うのは私の方だよ。ブレグジット以降ずっと停滞していた英国経済は、日印からの支援で立ち直れた。この程度のサポートでは、まだまだ足りない」

長かった……。宇野慶一という名を捨てて四十年余り。数々の英国の俊英たちと友情を育《はぐく》み、多くを親日派にし、そして、親友としてありとあらゆる支援に努めた。

大英帝国に、最強の同盟国であり兄弟同然のアメリカと決別させ、日本を含むアジアとの関係を深めさせる——。

粉骨砕身、その一点の実現に努めた成果が、今、結実するのだ。

公用車に乗り込んだ嶋津は、盗聴防止処理が施された携帯電話を取り出した。

〝ロビンは、飛び立った〟

英国の国鳥、ヨーロッパコマドリを意味するメッセージで、良子にミッション完了を伝えた。

＊

ケリー安齋は、新潟空港に近い安ホテルにいた。

一緒にいるのは、元ＫＧＢのスパイマスターと、ノーベル医学賞を受賞したガンの権威だ。

ケリーにとって、二人は〝父親〟だった。

「やっぱり考え直さないか。ＧＪＮのようなメディアは、稀有《けう》なんだ。これだけ短時間で、あれだけの成果を上げたのは、君の力なんだ」

「いえ教授、僕がスクープを連発できたのは、皆さんから情報を得られたからです」

「それだけじゃないだろう。旭川《あさひかわ》に拠点を置く北朝鮮の特務部隊の記事は、我々とは関係のないニュースだ」

「あれは、ユーリのお陰です」

ずっとウォッカを飲んでいるマトヴィエンコが、軽くグラスを掲げた。

「俺がやったのは、端緒となる人物を紹介したことだけだ。そこからは、君が頑張ったんだ」

「ありがとうございます。でも、やっぱり僕は、日本を去ります。やりたいことがあるんで」

「何をやるつもりだ」

宝田は不満そうだ。

「香港市民が立ち上がった雨傘革命は、不完全燃焼で終わってしまいました。だから、もう一度闘いたいんです」

「香港には、もはや言論の自由も、行動の自由もない。オンラインメディアなんて立ち上げたら、即逮捕だ」

マトヴィエンコの言うとおりだろう。

「やり方を変えます。メディアでもデモでもない、新しい闘い方を考えたんです」

「どんなやり方なんだね?」

宝田はまだ、納得していないようだ。

「それは、秘中の秘ということで。大丈夫です。ヘマはしません。それにこれは、ゴー先生も支援してくれていますから」

「ゴーは二度と、シャバに出られないぞ」

「ユーリ、それは分かりませんよ。何しろ、ゴー先生は、神ですから」

そこで、ケリーのスマートフォンが受信音を鳴らした。

「あっ！　〝お嫁さん〟が、ロビーに到着したみたいです」

マトヴィエンコが、偽装のために用意したロシア人現地工作員《アセット》だった。

ケリーは別れの挨拶をしながら、二人の〝父〟と強く抱擁した。

「お元気で！」

「また、会いましょう」

ケリーはバッグを手に、部屋を出た。

大国が独善的なのは、アメリカだけに限らない。中国も同様で、アメリカが弱体化すれば、何をやらかすか分からない。

そのためにも、僕は香港に戻るんだ。


ケリーが部屋を出て行った後、室内に重苦しい沈黙が広がった。

やがて、ユーリは空になった二つのグラスにウォッカを注いだ。

「改めて『ロスト7』に！」

「あんたにも、世話になったな」

ユーリは久々のスパイごっこを振り返った。

冴木は、なかなか上手《うま》く「ロスト7」を捉《とら》えていた。

だが、奴はまだ本当の結末を知らない。

それに、俺が肩入れをしていた人物を間違った。

ＫＧＢ時代に、アセットに引き込もうとした筆頭の京大生が、宝田だった。

医学生としてのレベルの高さに加え、調査を深めていくと、もう一つの貌《かお》も浮かんできた。

「ホワイトクロス」という医療支援団体を隠れ蓑《みの》にしたテロリストの貌だった。

ユーリは、猛烈にアタックした。医療関係者として宝田がいる研究室に出入りし親しくなり、時に国際政治の議論で深酒をした。ガン研究について、当時のソ連の機密情報まで提供したこともある。

だが、宝田は難物だった。ある時、遂に自分の正体を明かし、協力を求めた。宝田は、一笑に付した。

――冷戦だの米ソ対立など、関心がないんです。僕の望みは、日本を真っ当な国に生まれ変わらせることだけ。そのためになら、あなたが欲する情報を提供してもいい。

ユーリは、笑うしかなかった。

実際、宝田は、有意義な情報を提供してくれた。そして、それによって、日本が冷戦に振り回されるのを阻止したのだから、立派な愛国者だった。

そして、共通の〝息子〟ケリーが、二人の友情の絆《きずな》を強くした。

ユーリは、今さら面倒な革命ごっこに付き合うつもりはなかったが、ケリーの頼みには応じた。また、宝田の頼みは、冴木を翻弄《ほんろう》できるという理由だけで、受けた。

「ロスト７」の成果には、あまり興味がない。

それでも、スパイごっこは楽しかった。

「ＧＪＮは、どうするんだ？」

ユーリの問いに、宝田は肩をすくめた。

「薫田とかいうバンカラ記者に、くれてやるらしい」

確か、ケリーが日米間の歪《いびつ》な関係を暴露した資料を託した男だ。

「それより、ユーリはどうする？　今回の一件で、昔の血が騒ぎ始めたんじゃないのか」

そうではあるが、だからといってエスピオナージの世界に復帰するつもりはない。

それは、死んだ妻に固く誓った約束だった。

「俺はまた、風来坊を楽しむよ。酒も、この部屋を出たら、やめる」

「そんなことが、できるのか」

「まあね」

ユーリは立ち上がった。そして、親友と固い握手と抱擁をかわして、部屋を出て行った。

エレベーターの前で、ケリーの〝妻〟から、メールが来た。

〝お荷物は、預かりました。確実に、香港まで送り届けます。到着後は、徹底監視対象の措置をとります〟

3

「我々の決起は、アメリカ隷属を阻止しなければならない事態が起きた時と決めていた。

したがって、国民の総意として、核を保有するというのであれば、立ち上がらなかった。だが、高畠父娘が目指すのは、アメリカに強要された核武装だ。

すなわち、防衛のためではなく、中国への威嚇のためだ。アメリカは、日本を戦場にして、自分たちは傷つかない米中戦争をやろうとしている。そんなものが許せますか」

「だとすれば、アメリカを攻撃すればいい」

「だから、国務長官の車に、核を仕掛けたんです」

「日本がアメリカに隷属しないために闘っているのであれば、それは逆効果では？　核兵器で、国務長官を暗殺すれば、彼らは、日本を再占領するでしょう。さらに、あなた方を中国の犬と断じて、中国を攻撃する」

「冴木さん、間違ってもらっては困る。我々はそんな事態を避けたければ、核武装をやめよと、言っているんです」

聞けば聞くほど、詭弁《きべん》としか思えなかった。こんな屁理屈《へりくつ》に反論しても、意味がない。そして、無駄な言い合いをする時間の余裕はない。

「攻撃計画を立てたのは、西園寺さんですか」

「冴木さん、日本はずっとアメリカの言いなりになってきた。それで、いいんでしょうか。我々は、日本人に目覚めて欲《ほ》しいんです。そのためには、劇薬が必要なんです」

「日本はアメリカへの隷属を止めるべきだ」という服部の言い分は、理解できる。だが、手段が間違っている。こんな手を使って国民が、彼らの警鐘に耳を傾けるわけがない。

だが、ずっと雌伏し、彼らの言う「日本の真の独立」のために、人生を懸《か》けてきた者たちに、冴木の理屈は通じないのかも知れない。

「西園寺さんは、どこですか」

「あなたがたが逮捕し、連日取り調べているではありませんか」

4

〝ネズミ〟は、ハワイ州真珠《しんじゅ》湾沖の船の甲板で、伏せていた。何時間もこの姿勢を崩さず、ひたすらスコープを覗《のぞ》いている。

幸運にも、湾内は凪《なぎ》で、揺れも少ない。

スコープ越しには、多くのスタッフが式典準備をしているのが見える。

ＶＩＰの警護レベルは「最上級」で、軍の艦船や警護用の船以外はすべて湾内から閉め出されている。

〝ネズミ〟は、「ＳＷＡＴ」と記された防弾ベストを装着し、スナイパーライフルを構えていた。

乗組員らは、薬で眠らされて船底に転がっている。

警備班に流れる十五分に一度の無線にも対応し、〝ネズミ〟はその「時」を待っていた。

＊

早見が取調室の外から冴木を呼び出した。

「国務長官の車輛に、爆弾が仕掛けられたかどうかは、まだ確認できていません。現在、警視庁が手配し、中央道を全面的に通行止めにする予定です」

「今、車はどこを走っているんだ」

「調布《ちょうふ》を過ぎたと聞いています」

「万が一を考えたら、都心から可能な限り離れていた方がいい。車内は治外法権でも、奴らは今日本の公道を走っているんだ。Uターンさせろ」

「総理が迷っておられます。行き先は、アメリカの自由だとおっしゃっているんです」

これだけの重大事が起きている中で、我が国の総理大臣の無能さに、怒りを抑え込めなかった。

「今、官房長官と危機管理監が説得しています」

「警視総監に、おまえが直接命令しろ。総理へは事後報告でいいだろうが。早見、おまえにも少しぐらいは想像力があるだろう。中央道で核爆弾が爆発した時のことを想像してみろ」

早見に八つ当たりしても仕方ないのだが、連中の暢気《のんき》さは許しがたかった。

内村がノートパソコンの画面を冴木に見せた。

インドのチャンドラ首相が、「日中の恒久平和の取組について、全面的に応援したい」という声明を発表する映像が映し出された。

続いて、英国の首相が、〝中国と日本の平和を重視する政策を全面的に支援すると共に、日中に対して挑発行為を行っているアメリカに対して、厳重なる抗議を申し上げたい〟と強い口調で演説している。

その連携の流れは、じわじわと世界に広がり、米中の衝突を防ごうという動きが広がっている。

まさに、冴木が服部に訴えた方法で、米中衝突は回避されようとしているかに見える。

これらも、「ロスト7」のメンバーによるものだろう。

だとすれば、ますます西園寺や服部が日本で仕掛けた「テロ」の意味が分からない。

彼らは、これだけ世界が平和連携しても、アメリカは蛮行を犯すと危惧《きぐ》しているのだろうか。

＊

「新潟原発至近の場所に、〝レベジの核〟の鞄《かばん》を残したのは、狼煙《のろし》だったんですね。『ロスト7』のオペレーションが始まったという。今日、それが結実する。インドと英国の首相が、日中戦争に反対の意を表明し、アメリカの挑発行為について非難までしている。

それを、宝田氏から指示されたケリー安齋が逐一報道する。

いずれもあなた方が仕掛けたことなんですね」

取調室に戻るなり、冴木は、服部にぶつけた。

服部が何も反応しなくなった。

「チャンドラ首相は総理と、あなたの養蜂場を訪ねている。過密な日程のインド首相が、わざわざあなたの養蜂場を訪ねたのには、重要な意味があったんでしょうね」

「それは、深読みが過ぎます。そもそもチャンドラ首相は、私の素性をご存じありません。私が蜂谷幸雄として、インドで養蜂を始めた時に知り合っただけです」

「では、本日、チャンドラ首相が日中の平和への取組を応援したいと声明を発表したのも、偶然だと？」

「私の与《あずか》り知らないことです」

「英国首相が、日中の平和を支援したいと、先ほど発表したのも、偶然と言うつもりですか」

「私の与り知らないことです」

早見から、連絡が来た。

〝総理がご決断されて、国務長官を乗せたリムジンは、山梨方面にUターンしました。それと、インドとイギリスの首相の発言について、外務省が経緯を調査中ですが、英国については、首相の緊急会見の直前、駐英日本大使が面会を求めたそうです〟

「駐英日本大使との関係は？」

「一介の蜂屋と、そんな大物に繋がりがあると思いますか」

「ロスト7」のメンバーの中で、あと二人、特定できていない人物がいる。宇野慶一と木村勉だ。

「それにしても、あなた方が地下に潜る必要があったんでしょうか。当時、『蒼き狼』と『ホワイトクロス』の関連を捜査していた者は誰もいなかったはずです」

「そんな古い話は、どうでもよろしいでしょう？

ところで、冴木さんに、どうしても聞いていただきたいお願いがあります」

内村から〝駐英大使は、「ロスト7」のリストにあった宇野慶一です〟と連絡が入った。

5

中国の権力中枢である中南海《ちゅうなんかい》の一室に、戸樫は昨夜から足止めされていた。

スマートフォンは没収されていなかったので、オンラインニュースをずっと見ていた。戸樫は世界が大きく動き出しているのに興奮していた。

いよいよ次は、自分の番だ。

作戦のすべては、この国での交渉にかかっている。

香港で襲われた時、計画が大きく狂った。服部が動き、「ロスト7」のメンバーたちが世界に飛ぶ中、日本の特命全権大使として訪中。国家主席か少なくとも首相と会談し、両国の恒久平和のために全力を尽くすと、高らかに宣言するはずだったのだ。

ところが、突然総理から香港行きを命じられた挙げ句、命を狙われた。その上、中国側の「特使」と見られる人物二人は、既に死んでいた。

これでは、戸樫が戦争を仕掛けに行ったようなものだった。

もし、あの時、凄腕《すごうで》の警護を服部が付けてくれていなければ、戸樫も確実に犠牲になっていた。

そんなことになれば、日中は一触即発の状況になっていただろう。

香港で別れ際に、冴木怜が「切り札を使います。なので、父の命令に従って下さい」と告げた。だが、自分たちの革命に、冴木を巻き込むのは、自殺行為に近い。

そう反対したのだが、最後は服部に説得された。

〝大丈夫だ。冴木氏の指示に従いたまえ〟

それが、服部との最後の会話となった。

オペレーションが最終段階に入ったら、戸樫は、二度と服部と接触してはならない、と厳命されていたからだ。

戸樫は高校時代、季枝に勧められて、服部の合気道の道場に通い始めた。

そして、服部の考えに心酔し、活動家としても弟子となった。

服部から「ロスト7」の計画を知り、戸樫は強く参加を求めた。それこそ、自分が命をかけて挑みたいことに思えたからだ。

——君には、表舞台で、我々の目的を実現するという重要な役目を果たして欲しい。だから、絶対にテロ行為には参加して欲しくない。

いいか、護。君らが新しい日本を創造するんだ。

当初戸樫に与えられた計画は変更となり、ここから先の行動と判断、そして決断は、すべて戸樫の双肩に懸かっている。


ノックがあり、一人の小柄な男が入ってきた。中国共産党の大物のようだ。

「戸樫先生、大変お待たせして申し訳ありません。政治局委員の楊朝陽《ヤンザオヤン》と申します」

男性は英語で話しかけてきた。

「はじめまして、戸樫です。政治局委員の楊先生のような党の実力者に、お会いできて大変光栄です」

楊は、ソファに腰を下ろすと、〝よく来たね、戸樫君。この日が来るのを首を長くして待っていた〟と、いきなり達筆な日本語を手帳に書き始めた。

中南海の応接室にいるのだから、当然、監視されているのに。そんな中で、いきなり筆談とは。

〝十五分だけ監視カメラをループにしている。安心して筆談してくれ〟

「今回の会談については、私が取り仕切るように主席より命じられました。

戸樫先生が、中日友好にひとかたならぬご尽力をされていることを、部下から聞いておりましたので、以前からぜひお会いしたいと思っていました。お目にかかれて大変喜んでおります」

楊は、当たり障りのない話を英語で続けている。

〝あなたは木村さんですね!!〟

戸樫もメモを書き、テーブルの上に置くと、楊が頷《うなず》いた。

「ロスト7」が地下に潜伏した時に、木村は単身、香港に渡っている。そして、中国人として党の幹部にのし上がるというのが、彼のミッションだと、聞いていた。

中国は、七〇年代後半には大国としての枠組みが整い、近い将来日本にとっては、米ソと並ぶ重要な影響を与える国になると予想された。

高畠は、元々アメリカに憧《あこが》れとシンパシーがあり、友好的にアメリカから「独立する」方法を探っていた。

一方の西園寺や服部は、アジア主義こそ二一世紀の世界の中心となると考え、中国との連携を模索していた。そこで、木村は日本人であることを捨て、英国領だった香港に潜り込んだのだ。

木村は中国の国籍を購入すると、大陸志向が強い香港人のコミュニティに溶け込み、徐々にリーダーとして頭角を現していく。

現在の立場は、「産業政策」担当と謳《うた》っているが、実際は国家安全部の幹部で、香港の中国復帰のために、反中派の活動家の多くを摘発してのし上がってきた。

インテリジェンス関係者の政治局常務委員就任は異例だった。ましてや国家主席よりも年長の彼は本来は引退するのがルールだ。ただし、木村の場合は、長年、中央政治局常務委員会という最高意思決定機関の知恵袋として重宝されていたので、特別扱いされているのだろう。

「楊先生は、日本への留学経験がおありで、親日派だと伺っています」

「日本では、本当にたくさんの友人と出会い、多くの学びを得ました」

〝準備は、万端整っています。まもなく、胡《フ》首相がお会いになります〟

日本の若い一政治家に、中国のナンバー2が会うというのだ。全身が熱くなった。

「戸樫先生の出身校は、確か東京大学だと伺っています」

〝面会の手順を書いたメモを渡します。読んだら、トイレに流して下さい〟

手帳のページをめくると、はがき大の用紙が二つ折りで挟まれていた。

戸樫は、それをポケットに忍ばせた。

「留学時代は、本当に楽しい想い出ばかりでした。当時の仲間とは、今でも連絡を取り合ったり、会食を楽しんだりしています。今回も、仲間に会えたら嬉《うれ》しいんですが」

「外交部の劉岳《リユウユウ》君が、先生のアテンドを担当すると聞いております」

劉は留学時代、最も親しい学友だった。

「劉と会えるんですね。それはとても心強いです。いずれにしても、楊先生、どうぞ滞在中よろしくお願い申し上げます」

〝ただし、君は、高畠総理の代理として、我が国の胡首相に会わなければならない〟

6

冴木は公用車の中で、不愉快であることを隠しもしなかった。

服部から「日本は戦争なんてまったく望んでいない、アメリカからどんな挑発を受けても応じない、と中国国家主席にメッセージするよう、高畠総理を説得して戴けませんか」と頼まれ、官邸に向かっていた。

服部に言われるままに、官邸に赴いている己に腹が立っていた。

＊

福岡真希はJBCのニュースに釘付《くぎづ》けになっていた。カメラ搭載ドローンが山梨県上空から生中継しているのだ。

アメリカの国務長官が乗る公用車に核爆弾を仕掛けたと、「ロスト7」から声明文が官邸に送られてきたからだ。

青田稲荷の事件以来、めったなことでは驚かなくなっていた福岡だったが、この事件には愕《がく》然《ぜん》とした。

アメリカの国務長官が乗った車に、核爆弾を仕掛けた。公用車が停まろうとしたりドアや窓を開けようとしたりすると爆発する――。

しかも、日本、いや世界中にその模様が生放送されているのだ。

〝上空から見る限り、対向車線を含め、中央道には一台の車も見えません。また、政府は、中央道周辺の住民にも、避難指示を発令しました〟

映像に映っているリムジンに本当に、〝レベジの核〟が仕掛けられているとして、それが爆発したらという被害予測も何度も繰り返されている。

半径数キロ以上にわたって甚大な被害を及ぼし、大都市部なら最低でも十万人以上が亡くなり、その何倍もの国民が深刻な急性放射線症候群や後障害に悩まされる――。

放送は、淡々と伝えているが、それは、日本に対する宣戦布告のようなものだ。

たった六人しかいないロートルのテロリストが、日米政府を脅迫している。

〝今入ったニュースをお伝えします。

ウイルソン大統領は、今回の事件を受けて、『アメリカはテロに屈しない。卑劣なテロリストの要求に応じるつもりはない。それはディックも承知しているはずだ』とコメントを述べました。ディックとは、リチャード・バートン国務長官のことだと思われます〟

福岡は、舌打ちをして立ち上がった。

その時、携帯電話が鳴った。

未登録の番号からだ。

〝私、町野めぐみと申します〟

嗄《しわが》れた女性の声がした。

緊張が走った。福岡は慌ててボックスのドアを閉めてスマホの録音ボタンをタップした。

「もしかして『ロスト7』のメンバーの町野さんですか」

〝はい。実は、福岡さんにお願いがございます。高畠総理の娘、陽子にインタビューをお願いできませんか〟

＊

総理は、官邸地下の危機管理センターに籠《こ》もっているという。

「脅迫はガセだろうから、車を停止させろと、ウイルソン大統領は言っているそうです」

早見の報告に、冴木は驚かなかった。

「あの男なら言いかねないな。核爆弾で国務長官が死んだら、日本政府からがっぽりと補償が取れるぐらいは考えそうだ」

早見はため息を漏らすだけで、反論しなかった。

ノックもなく、高畠総理と円田官房長官が入ってきた。

「冴木さん、私たち、どうすればいいんでしょうか」

総理は十歳は老けた。そして、全身から疲労がにじみ出ている。

「山梨県で起きている事件も心配ですが、一度脇に置きましょう。現在、世界で起きていることを、把握されていますか」

「何の話？　そもそも国務長官の公用車に核爆弾が仕掛けられた以上の重大事があるの？」

冴木は、英印で起きている〝事件〟を説明した。

「まさか、これらが全部関連していると？」

「『ロスト7』の主犯格、蜂谷幸雄こと服部剛は、そう仄《ほの》めかしています」

「まさか、蜂谷さんがこの事件に関わってるなんて。そもそも例の鞄が発見された時は、我々は蜂谷養蜂場にいたのですよ」

「ですが、ご一緒されていたのはインドのチャンドラ首相です。そして、彼も日中が戦争に至らないための支援を発表しています」

総理は両手で頭を抱えている。

冴木は、「矛と盾の会」から押収してきたアメリカによる対日命令書を総理に渡した。

「ご覧になったことがありますよね。あなたは、この国をアメリカに売り渡すおつもりですか」

「冴木さん、立場を弁《わきま》えなさい。あなたは、何も分かっていない」

「総理、戸樫官房副長官が、香港で暗殺されそうになったのをご存じですか」

総理が驚愕している。知らなかったのか。

「そんな話聞いてない！」

「私がご本人と電話でお話ししました。あなたは、問答無用で戸樫さんに、香港へ行けと言った。その結果九死に一生を得たんです。あなたへの連絡を躊躇うのは当然では。戸樫さんは、北京にいらっしゃいます。彼は現地で、胡首相と会談し、何があっても日中友好を貫くと訴えるおつもりです」

「何をバカな」

「総理、ここは少し冷静になって考えてください。アメリカと日本は同盟関係ではあります。しかし、いくら同盟国相手であっても、日本を戦場にする蛮行に加担していいのでしょうか」

「まさか」

「自国のためなら、いかなる破壊も躊躇わず実行する――それがアメリカという国であるのは、総理もよくご存じのはずです」

「あなたは反米感情が強すぎる。アメリカがいなければ、日本はとっくにソ連か中国の植民地になっていた」

「総理、アメリカは大使館攻撃への報復として、アラビスタンに激しい攻撃を行いました。ですが本当にアラビスタンが、アメリカ大使館に攻撃を仕掛けたと思われますか。

あれは、紛れもなくアメリカの自作自演です。つまり、イラク戦争の端緒と同じように、単なる言いがかりで攻撃したんです」

ノックがあり、官房長官に連絡が入った。

「総理、先ほどウイルソン大統領が、ご自身のSNSアカウントで、『アメリカはテロに屈しない。卑劣なテロリストの要求に応じるつもりはない』とコメントしたそうです。さらに、それを受けてDNIが国務長官がご乗車の車輛は、日本政府の判断で停止させてほしいと伝えてきました」

それを聞いて、総理はついに爆発した。

「バカな。核爆弾が爆発するかもしれないのに」

円田が「総理、落ち着いて」と取りなそうとしたが、聞こえないようだ。

「少し一人にしてもらえませんか」

全員が部屋を出た。

何を為《な》すべきかは、お分かりのはずだ――冴木としては、そう願うしかなかった。


「冴木さん、これを見て下さい」

早見が、慌ててJBCのニュースを流した。

若い女性が、語っている。テロップに高畠陽子とある。

〝祖父も母も、アメリカのお陰で今の日本の繁栄があるというのが、口癖でした〟

円田がすぐさま総理が引き籠もった部屋に入室した。

〝国家の発展に尽くしてきた祖父と母を尊敬しています。そして、アメリカとの共生こそが平和の要《かなめ》だという母の考えも、支持していました。

でも、「ロスト7」によって起きた事件を機に、核兵器と平和について考えるようになりました。すべてを焼き尽くす恐怖の兵器には、拒絶反応があります。それでも、核を持つことで平和を維持できるというのは、頭では理解できます。

問題は、使い方で、矛と盾そのものなのだと思いました。

アメリカの意に沿った核武装は矛であり、国民が覚悟を決めて核を保有するのであれば、それは盾として、我が国に平和をもたらしてくれると考えるようになりました。

微力な私が言ったところで、祖父や母が、信念を変えるのかは、分かりません。

ですが、一人の日本人として、私は命がけで核武装を止めて欲しいと訴えたいと思います〟

〝命がけというのは、具体的に何を指すのですか〟

記者の質問に、陽子は即答した。

〝私にできる唯一のことです〟

数分後、目を真っ赤に腫《は》らして、総理が戻ってきた。

「王《ワン》主席に、日本と中国が友好の絆を深めるために全力を尽くしたいと伝えます。来週にでも北京で会談を希望します。それから、冴木さんと二人で話したい」と総理が希望した。

全員が退室すると、総理は父の処遇について尋ねた。

「残念ながら、ご覚悟下さい」

「では、父の罪はすべて白日の下に晒《さら》されるのですか」

「それは、総理がご決断されることでは？」

「その通りですが、ぜひ、冴木さんのご意見を伺いたい」

元副総理と総理が目指したものは、日本社会に激しいショックを与えるだろう。

それを少しでも軽減するためには、厳しい英断が必要になる。

「僭越《せんえつ》ですが、総理ご自身が、お父様の罪のすべてを明らかになさらない限り、事態の収拾の端緒も得られないでしょう」

「つまり、父を売国奴として糾弾するのですね。ならば、この混乱の決着をつけた段階で、私も辞任致します」

与党保守党は、瓦解《がかい》するかも知れない。

「まずは、国務長官の事件を収束させましょう」

総理は気合いを入れるように勢い良く立ち上がると、官房長官を呼び入れた。

7

一時間後、胡首相と戸樫官房副長官が揃って共同声明を発表した。それは、両国間で取り沙汰《ざた》されている戦争危機についてであり、「ある国家代表の妄執に過ぎず、両国が戦火を交えることは、未来永劫《えいごう》ありえない」というものである。

その直後、バートン米国務長官が乗車する公用車に仕掛けられた核爆弾の解除法が、「ロスト7」からアメリカ大使館と首相官邸に伝えられた。

〝周囲の安全を確保した上で減速し、停止したのち、キーを抜けばいい〟

徹底的に車内を確認したが、爆弾らしき物は発見できなかった。

＊

まだ官邸にいる冴木に、警視庁警備部から連絡が入った。

「テロ対策情報局内の職員全員が、意識を失った状態で倒れている」

そして、服部剛が姿を消したという。

また、冴木の尋問を受けるはずだった西園寺良子も行方をくらました。

＊

定刻通り、真珠湾内の埠頭《ふとう》の特設会場で、ウイルソン大統領を招いた「真珠湾世界遺産登録キャンペーン」記念式典が始まった。

〝ネズミ〟は、なおも船上で、スコープを覗いていた。

ライフルには、特殊な弾丸が装塡《そうてん》されている。

先端に針が仕込まれている。

〝まもなく大統領《フェニックス》が、登壇する。各自、警戒に集中せよ〟

という伝達が、耳内に装着したイヤホンに響いた。

SWATの隊員に扮《ふん》する〝ネズミ〟は了解と返すと、スコープに集中した。

黒々とした自慢の髪をなびかせて、大統領が、手を振りながら壇上に姿を見せた。

ステージの背後、及び周辺を色とりどりの風船が、にぎやかに彩っている。〝ネズミ〟は、それらのうち、スカイブルーの風船に照準を合わせた。

「ハワイの皆さん、見事に晴れ渡った空の下で会えましたね！」

その声を合図に、〝ネズミ〟は引き金を三度引いた。

約一キロ先の風船が三つ割れた。

風船が割れても、何もおこらなかった。大統領は気にもせずスピーチをしている。だが、次の瞬間、彼が何かを振り払うように大きく手を動かし、突然、うめいたかと思うと、倒れ込んでしまった。

シークレットサービスが慌てて大統領に飛びつき、ステージから連れ出した。

〝ネズミ〟はライフルを海に棄《す》てると、海に入った。

イヤホンから、式典会場にスズメバチが突如出現し、大統領が襲われたという叫び声が聞こえた。

風船一つに約五匹のスズメバチが仕込まれていた。それらが、大統領を襲ったのだ。スズメバチは、黒い物に襲いかかる習性がある。

長時間、閉じ込められてストレスが頂点に達していた時に、いきなり風船が破裂して、スズメバチは激しい興奮状態に陥り、大統領の黒髪とダークスーツを攻撃したのだ。

約一時間後、真珠湾から沖へ十キロ行った場所に待機していた漁船に乗り込んだ〝ネズミ〟は、アメリカ大統領が、搬送先の病院で亡くなったという報《しら》せを聞いた。

エピローグ

ウイルソン大統領が死亡した翌日、新大統領に就任したエリザベス・スミス元副大統領が、就任演説を行った。そして、対中問題についても、不要な挑発行為などを慎むと宣言した。

また、一部メディアが告発した、米国による対日命令書の存在については、「悪質なフェイクニュースだ」として、米政府は一切関与していないと言明した。

＊

一週間後、インド北西部のパンジャブ州のアムリトサルの「ＭＩＲＯＫＵ」という名の養蜂《ようほう》場に、一台のワンボックスカーが向かっていた。

後部座席にいる老人は、背筋を伸ばし体をシートに預けていた。

彼は、また新しい名前とプロフィールで、祖国から遠く離れた場所で暮らすことになる。

日本の核武装は見送られ、アメリカには「どちらかといえば、まとも」な大統領が就任した。

一方の日本の新首相は、アメリカとは、バランスの取れた関係維持に努める一方で、インドとイギリス、さらには中国、韓国との関係修復を積極的に行うと宣言した。外務大臣には元英国大使が民間登用され、総理の外交政策をサポートする。

そして、彼らの期待の星、戸樫護は、官房長官として総理を支えるポストを得た。

概《おおむ》ね、良子の計画は達成された。そして、仲間の奮闘を見届けて、良子は逝った。

「私の役目はここまでね」と言い残して、静かに旅立った。

かくして、我々のミッションは成功した……はずだ。

だが、冴木の言葉が引っ掛かっていた。

――平和的に、アメリカの暴走を訴え、日本国民に真の独立を訴えればいいじゃないですか。

本来なら、そうしたかった。だが、言葉だけで国民が覚醒《かくせい》するとは信じられなかった。

暴力からは、何も生まれないと言うが、暴力に近い力を通じてしか生まれないものがある。

かつて、彼は良子から言われたことがある。

――まずは、激震で国民の性根を惰眠から揺り動かさねば。平和の芽は、焼け野原でこそ育つもの。

衛星携帯電話が鳴った。

〝師匠、怜です。やっぱり父の許《もと》に帰ろうと思います〟

「そうか……。彼によろしく伝えて下さい」

通話を終えると、前でハンドルを握る〝ネズミ〟に、怜の決意を伝えた。

「冷血に見えるのに、時々、殊勝になるんですよね、アイツは」

車が、急な坂道を上っている。

門に「MIROKU」という標札が掲げられた養蜂場で、車は停まった。

白壁の家から、二人の女性が出てきた。

「お帰りなさい」

良子になりすました彼女の従妹は、彼が見まがうほどにそっくりだった。

「本当にお疲れさまでした」

「君こそ。良子も喜んでいるよ」

隣では、綾子が〝ネズミ〟にしがみつくようにして泣いていた。

*

新大統領就任演説から三週間後、ワシントンD.C.に到着したリベリア船籍の商船から、日本で積まれたコンテナが降ろされた。

検疫と通関を終えたコンテナは、埠頭《ふとう》の倉庫に保管された。

そのコンテナの中には、大量のおが屑《くず》に包まれた金属製の円筒と信管が入ったガラスの箱が安置されていた。

荷主の名は「ロスト7」。

新潟原発の近接地で発見された鞄《かばん》に、本来なら収まっているべきものだ。

コンテナは無期限で保管される契約で、事前に数年分の保管料が支払われている。

謝辞

本作品を執筆するに当たり、関係者の方々からご助力を戴きました。深く感謝申し上げます。

お世話になった方を、以下に順不同で記します。

ご協力、本当にありがとうございました。

なお、ご協力戴きながら、ご本人のご希望やお立場を配慮してお名前を伏せさせて戴いた方もいらっしゃいます。

金澤裕美、白鳥美子、柳田京子、河野ちひろ
橘健吾、捨田利澪

【順不同・敬称略】

二〇二四年一一月

【主要参考文献一覧】（順不同）

『核テロ　今ここにある恐怖のシナリオ』グレアム・アリソン著　秋山信将・戸﨑洋史・堀部純子訳　日本経済新聞社
『狼煙《のろし》を見よ――東アジア反日武装戦線〝狼〟部隊』松下竜一著　河出書房新社
『狼・さそり・大地の牙「連続企業爆破」35年目の真実』福井惇著　文藝春秋

※右記に加え、政府刊行物やＨＰ、ビジネス週刊誌や新聞各紙などの記事も参考にした。

〈初出〉
「小説 野性時代」二〇二二年三月号〜二〇二三年六月号

本書はフィクションであり、実在の人物、団体、事件等とは無関係です。

真山 仁（まやま　じん）
1962年、大阪府生まれ。同志社大学法学部政治学科卒。新聞記者、フリーライターを経て、2004年、企業買収の壮絶な裏側を描いた『ハゲタカ』でデビュー。同シリーズはドラマ化、映画化され大きな話題を呼ぶ。他の著書に『マグマ』『売国』『オペレーションZ』『トリガー』『ロッキード』『レインメーカー』『墜落』『タングル』『ブレイク』『当確師　正義の御旗』など多数。

ロスト7《セブン》

2025年1月7日　初版発行

著者／真山《まやま》 仁《じん》

発行者／山下直久

発行／株式会社KADOKAWA
〒102-8177　東京都千代田区富士見2-13-3
電話　0570-002-301（ナビダイヤル）

印刷所／大日本印刷株式会社

製本所／本間製本株式会社

●お問い合わせ
https://www.kadokawa.co.jp/（「お問い合わせ」へお進みください）
※内容によっては、お答えできない場合があります。
※サポートは日本国内のみとさせていただきます。
※Japanese text only

定価はカバーに表示してあります。

ISBN 978-4-04-112129-0　C0093